Klarant Verlag

Die gebürtige Ostfriesin, ***Sina Jorritsma***, aus der Krummhörn studierte in Hamburg Germanistik und Philosophie, bevor sie wieder in ihre Heimat zurückkehrte. Sie veröffentlicht unter Pseudonym, weil sie ihre Umgebung genau beobachtet und Ereignisse aus ihrem Leben in ihre Geschichten einfließen. Das Romaneschreiben ist ihr kleines Geheimnis, das nur wenige Menschen kennen. Bei einer großen Kanne Ostfriesentee mit Sahne und Kluntjes kann sie halbe Nächte durchschreiben, tagsüber hält sie sich mit Joggen fit. Sina Jorritsma lebt mit ihrer Familie in einem kleinen Ort bei Emden.

Sina Jorritsma

Friesenlauf

Ostfrieslandkrimi

Klarant Verlag

Klarant Verlag, www.klarant.de – www.ostfrieslandkrimi.de
ISBN: 978-3-95573-553-1
1. Auflage 2017
Umschlagabbildung: Klarant Verlag

Printed in the EU.

Kapitel 1

Kommissarin Mona Sander schnellte vorwärts, als das Startsignal ertönte. Der Borkumer Meilenlauf war alljährlich eines der wichtigsten Sportereignisse der Nordseeinsel. Insgesamt 1.200 Jogger und Nordic Walker nahmen an den verschiedenen Wettbewerben teil. Mona wollte an diesem schönen Septembertag den Halbmarathon laufen.

Sie fühlte sich fit, denn sie war ausgeschlafen und hatte sich bei der Nudelparty am Vorabend sattgegessen. Ihre Kohlenhydratspeicher waren gefüllt, jetzt musste nur noch das Wetter mitspielen. Und das sah gut aus. Nur wenige Kumuluswölkchen wurden vom Nordwind über den blauen Himmel geblasen. Es herrschte Windstärke drei bis vier. Der Lauf begann an der Strandpromenade. Angefeuert von einem begeisterten Publikum bewegten sich die Athleten durch die Dünenlandschaft nördlich des Ortskerns.

Mona machte nicht den Fehler, sich sofort völlig zu verausgaben. Daher lief sie im Mittelfeld mit. Ihr Plan war, erst auf den letzten fünf oder sechs Kilometern richtig aufzudrehen. Vor ihr rannte ein athletischer braungebrannter Mann. Sein Laufstil gefiel ihr. Sie beschloss, ihn als „Pacemaker“ zu verwenden. Wenn sie kontinuierlich an ihm dranblieb, konnte Mona die Strecke gut bewältigen. Auf der Zielgeraden würde sie ihn dann überholen …

Doch ihr Plan drohte schon nach wenigen Kilometern zu scheitern. Sie hatten gerade die Verpflegungsstation bei Kilometer 3,5 hinter sich gelassen, als der Athlet vor ihr zu torkeln begann. Er strauchelte und wäre beinahe gestürzt, ruderte mit den Armen und fiel schließlich der Länge nach in die Dünen.

Mona unterdrückte einen Fluch. Auch wenn sie als Polizistin momentan nicht im Dienst war, konnte sie den Sportler nicht seinem Schicksal überlassen. Natürlich standen auch Sanitäter an der Strecke zur Verfügung. Aber, so wie die Dinge lagen, war sie als nächste Ersthelferin vor Ort. Der Mann krampfte sich zusammen.

Mona kniete sich neben ihn und drehte ihn in die stabile Seitenlage. Einige andere Läufer waren ebenfalls stehen geblieben, aber die meisten anderen zogen an ihnen vorbei. Wahrscheinlich waren sie der Meinung, dass man sich um den Gestürzten schon kümmern würde.

Immerhin filmen sie nicht mit ihren Smartphones, dachte Mona grimmig. Laut sagte sie: „Haben Sie zu wenig Flüssigkeit getrunken? Macht Ihr Kreislauf Probleme? Oder das Herz?"

Der grauhaarige Läufer musste zwischen fünfzig und sechzig Jahre alt sein. Ob er sich zu viel zugemutet hatte? Der Blick seiner blauen Augen traf Monas Gesicht. Aber sie war nicht sicher, ob er sie überhaupt verstanden hatte. Im nächsten Moment erbrach er sich. Mona konnte sich gerade noch rechtzeitig abwenden.

„Brrrr", machte eine Joggerin, die hinter ihr stand. Mona hatte während ihrer Polizeilaufbahn schon so viel menschliche Hinterlassenschaften gesehen, dass sie sich nicht so schnell ekelte. Sie entdeckte in dem Erbrochenen weißliche Tablettenreste. Sofort erwachte ihr dienstliches Interesse.

„Haben Sie sich vor dem Lauf gedopt? Wie lautet Ihr Name?"

Aber der Mann schien sie nicht mehr zu verstehen. Aus seiner Kehle drang nur noch ein leises Röcheln, dann verlor er das Bewusstsein. Mona fühlte seinen Puls. Er war sehr schwach. Sie hatte bereits ihr Smartphone aus der Tasche geholt, das sie sicherheitshalber mit sich führte.

„Hier spricht Kommissarin Sander. Ich benötige sofort einen Rettungswagen zur Halbmarathon-Laufstrecke, zwischen dem ersten und zweiten Verpflegungsposten. Ich habe hier eine hilflose männliche Person, Verdacht auf Vergiftung."

„Vergiftung?", echote ein Läufer, der unbeteiligt herumstand und Mona zugehört hatte. „Der Alte hat es übertrieben, der hätte lieber im Schaukelstuhl sitzen bleiben sollen."

Mona kochte vor Wut. Sie kam aus ihrer kauernden Position hoch und warf dem Sprecher einen harten Blick zu. Er war ein junger Kerl mit semmelblonden Haaren, der sich durch teure Laufklamotten und arroganten Gesichtsausdruck unschwer als Schnösel einordnen ließ.

„Ach, ist das so? Sind Sie zufälligerweise Gerichtsmediziner? Oder haben Sie nur zu viele CSI-Folgen in der Glotze gesehen? Am besten laufen Sie weiter, bevor ich Sie der unterlassenen Hilfeleistung beschuldige."

Mona zückte ihren Dienstausweis, den sie neben dem Smartphone ebenfalls mitgenommen hatte. Eigentlich hatte sie gehofft, einmal einen unbeschwerten freien Tag mit ihrem Hobby zubringen zu können. Aber davon konnte keine Rede mehr sein. Immerhin verdrückte sich das Großmaul, ohne noch einen weiteren Spruch vom Stapel zu lassen. Mona war auch für Kleinigkeiten dankbar.

Die Kommissarin leerte den Inhalt ihrer Trinkflasche in den Sand. Danach tat sie unter den angeekelten Blicken der Umstehenden etwas von dem Erbrochenen in das Behältnis.

„So etwas bekommt man in den CSI-Serien seltsamerweise niemals zu sehen", sagte Mona laut zu niemand Bestimmtem.

Wenig später trafen der Notarzt sowie zwei Sanitäter mit der Ambulanz vom Roten Kreuz ein. Der Mediziner legte die Stirn in Sorgenfalten, während er den Ohnmächtigen untersuchte.

„Das sieht nicht gut aus. Sie haben recht, Frau Sander. Der Patient wurde wirklich vergiftet. Wir müssen ihm dringend den Magen auspumpen.“

Der Grauhaarige wurde auf eine Trage gelegt und zum Krankenwagen geschafft. Mona befragte die Läufer, die mit ihr gemeinsam stehen geblieben waren. Aber keiner von ihnen kannte den Mann. Das wunderte sie allerdings nicht, denn die meisten Teilnehmer des Meilenlaufs kannten sich untereinander nicht. Die Menschen reisten aus allen Gegenden Deutschlands und aus dem benachbarten Ausland für das Sportevent an.

Mona schwenkte gedankenverloren ihre Trinkflasche hin und her. Inzwischen waren selbst die langsamsten Nachzügler an ihr vorbeigeeilt. Sie hätte natürlich noch hinter ihnen herrennen und sich einen Achtungserfolg sichern können.

Aber die Lust auf Freizeit war ihr schon wieder vergangen. Sie fragte sich, wer den Giftanschlag verübt haben konnte. Ob der Täter noch auf der Insel war?

Kapitel 2

Oberkommissar Enno Moll schaute Mona erstaunt an, als sie die Polizeistation Borkum betrat.

„Was machst du denn hier?“

„Ich arbeite hier.“

Der zwei Meter große Ostfriese mit dem beeindruckenden Bierbauch lachte.

„Das weiß ich auch, Partnerin. Ich dachte, du hetzt dir in den Dünen die Lunge aus dem Leib.“

Mona schüttelte den Kopf und erzählte kurz, was geschehen war. Dann stellte sie ihre Trinkflasche auf den Tresen des Wachlokals.

„Ich habe etwas Kotze von dem Opfer sichern können. Am besten schicken wir sie sofort zur Analyse ins kriminaltechnische Labor nach Oldenburg.“

„Willst du deine Trinkflasche danach wiederhaben?“

„Deine Witze waren auch schon mal besser, Enno. Ich möchte wissen, mit welcher Substanz die Tat verübt wurde. Wir können uns nicht darauf verlassen, dass die Ärzte in der Klinik irgendwelche Beweise sichern. Denen geht es nur darum, das Gift so schnell wie möglich aus dem Körper zu schwemmen. Und das ist ja auch richtig so.“

„Deine Laune ist ziemlich mies, ehrlich gesagt. Wie wäre es mit einem Tee?“

„Ja, den könnte ich jetzt wirklich gebrauchen“, seufzte Mona. „Wunderst du dich über meine schlechte Stimmung, Enno?“

Monas Kollege holte eine Tasse für sie, dann stellte er Kluntjes und Sahne bereit. Sie kam hinter den Tresen und goss sich selbst das Lebenselixier der Ostfriesen ein. Als Mona einige Schlucke genommen hatte, wurde sie etwas ruhiger.

„Ich kann dich schon verstehen, Mona. Du hattest dich auf den Halbmarathon gefreut, du hast seit Wochen dafür trainiert."

„Ja, das Rennen kann ich vergessen. Aber viel mehr wurmt mich die Raffinesse des Täters. Ich bin nicht sicher, ob die Vergiftung diagnostiziert worden wäre, wenn ich nicht so genau hingeschaut hätte."

Enno hob seine buschigen Augenbrauen.

„Du meinst, der Arzt hätte die Vergiftung fälschlicherweise als Kreislaufversagen oder Herzproblem eingestuft?"

„Ja, das könnte ich mir vorstellen. Bei Profisportlern denkt man ja noch eher an verbotene Substanzen und Dopingskandale, aber bei einem Freizeitevent wie dem Meilenlauf wäre so etwas wohl eher unwahrscheinlich."

„Auf der Insel herrscht sowieso Ausnahmezustand", seufzte Enno. „Es sind keine Betten mehr frei, weder in den Pensionen noch in Hotels oder Ferienhäusern. Du wirst nicht glauben, was vorhin geschehen ist. Da kam doch tatsächlich eine Touristin in die Wache und fragte, ob wir auch Zimmer vermitteln."

Mona war baff.

„Und – was hast du geantwortet?"

„Ich sagte, dass ich ihr höchstens eine Ausnüchterungszelle anbieten könnte. Darüber konnte sie aber nicht lachen. Ich wundere mich wirklich, weshalb man in einer Polizeistation nach Übernachtungsmöglichkeiten fragt."

Mona zuckte mit den Schultern.

„Ich staune über gar nichts mehr. Im Emder Hauptbahnhof hängt in der Bäckerei ja auch ein Hinweis, dass dort keine Fahrkarten verkauft werden."

Enno grinste.

„Und am Ticketschalter erhält man vermutlich auch keine Ostfriesentorte."

„Dein Scharfsinn blendet mich immer wieder. – So, ich fahre jetzt ins Städtische Krankenhaus. Ich will mal hören, ob es schon etwas Neues von dem Vergifteten gibt.“

„*Denn man tau*, Mona. Ich werde inzwischen Oltbeck schonend darauf vorbereiten, dass es ein neues Verbrechen auf unserer schönen Insel gibt.“

Mona blinzelte ihrem Kollegen lächelnd zu und verließ die Polizeistation wieder. Hauptkommissar Hinrich Oltbeck war als Dienststellenleiter eigentlich ein umgänglicher Mensch, der es allerdings für Monas Geschmack mit den Vorschriften zu genau nahm. Und außerdem betrachtete er jede Straftat als einen persönlichen Angriff auf sich, weil dadurch seine Ruhe gestört wurde. Sie schwang sich auf ihr Fahrrad und düste zu ihrer Wohnung in der Walfangerstrate.

Monas Weg führte sie quer durch den Ort. Die Straßen wirkten wie ausgestorben, obwohl die Insel komplett ausgebucht war. Aber das wunderte Mona nicht. Alles, was Beine hatte, nahm entweder an den Laufwettbewerben teil oder stand anfeuernd an einer der Strecken. Der Wind wehte die begeisterten Rufe des Publikums zu ihr herüber.

Sie knirschte mit den Zähnen. Natürlich war es bedauerlich, dass Mona den Halbmarathon hatte abbrechen müssen. Aber ihre Enttäuschung hielt sich jetzt in Grenzen, denn ihr Denken kreiste bereits um den Giftanschlag.

Mona wohnte als einzige Dauermieterin bei Frau Klasing, die ihre übrigen Wohnungen Feriengästen zur Verfügung stellte. Die rüstige Rentnerin arbeitete im Garten, als die Kommissarin das schmucke Backstein-Friesenhaus erreichte.

„Nanu, ist das Rennen schon vorbei, Mona?“

„Für mich schon, ich muss arbeiten. – Und was ist mit Ihnen, Frau Klasing? Wollen Sie sich nicht den Meilenlauf anschauen?“

Die ältere Dame schüttelte den Kopf.

„Mein Rheuma macht mir Schwierigkeiten. Ich bin froh, dass ich überhaupt Unkraut jäten kann.“

Mona nickte verständnisvoll, verschwand dann aber schnell in ihrer Wohnung. Sie hatte keine Lust auf einen längeren Plausch. Schnell riss sie sich ihre Laufklamotten vom Leib und schlüpfte in Jeans, Rollkragenpullover, Boots und Windjacke. Eine Dusche würde einstweilen nicht nötig sein, sie war ja bei dem Lauf gerade erst warm geworden. Außerdem wollte sie das Opfer so schnell wie möglich vernehmen. Womöglich kannte er die Person, die ihm das Gift verabreicht hatte. Falls das so war, musste Mona deren Flucht verhindern. Ein großer Vorteil von Borkum bestand aus ihrer Sicht darin, dass ein Krimineller nicht so leicht türmen konnte.

Sie steckte noch ihren Dienstausweis ein, winkte ihrer Vermieterin zu und trat erneut in die Pedale ihres Fahrrades. Das Städtische Krankenhaus befand sich in der Gartenstraße und war somit nur knapp zwei Kilometer von ihrer Wohnung entfernt.

Mona hatte schon oft genug mit Ärzten und Pflegepersonal beruflich zu tun gehabt, sie war dort bekannt. Daher sprach sie der diensthabende Mediziner auf der Intensivstation sofort persönlich an, als sie dort erschien.

„Moin, Frau Kommissarin. Wie ich höre, haben Sie meinem Kollegen den wichtigen Hinweis auf eine Vergiftung gegeben.“ Dr. Brune seufzte, bevor er fortfuhr: „Leider ist die ärztliche Kunst an ihre Grenzen gestoßen.“

Mona kniff die Augen zusammen.

„Sie meinen …?“

„Leider ja, Frau Sander. Wir haben versucht, Herrn Lohmann zu reanimieren. Aber das Gift hatte seine Wirkung bereits zu stark entfaltet. Der Patient verstarb, noch bevor wir seinen Magen vollständig auspumpen konnten.“

Mona hatte schon mit dem Schlimmsten gerechnet, daher hielt sich ihre Bestürzung in Grenzen. Sie konnten diesem Mann nur noch einen Dienst erweisen, nämlich so schnell wie möglich seinen Mörder finden.

„Woher kennen Sie den Namen des Opfers, Herr Dr. Brune? Er war nur mit Laufshorts und T-Shirt bekleidet, ich konnte bei ihm keine Personalpapiere entdecken."

Der Arzt nickte.

„Dafür war keine besondere Detektivarbeit nötig. Herr Lohmann hat ja eine Startnummer bekommen, wie jeder andere Läufer auch. Sie war an seinem Shirt befestigt. Schwester Meike musste nur bei der Rennleitung anrufen, dort konnte man uns den Namen nennen."

Mona ärgerte sich, weil ihr diese Möglichkeit nicht selbst eingefallen war. Aber dann konzentrierte sie sich wieder auf den Fall.

„Und es steht zweifelsfrei fest, dass Lohmann an einer Vergiftung gestorben ist?"

„Die eigentliche Todesursache war ein Herzinfarkt, der allerdings durch das Gift verursacht wurde. Wir haben die Substanz noch nicht analysiert, das war uns während der kurzen Zeit noch nicht möglich."

Mona zog nachdenklich die Augenbrauen zusammen.

„Aber wenn sich das Opfer nun nicht erbrochen hätte und mir die Tablettenreste nicht aufgefallen wären …"

Dr. Brune beendete Monas Satz: „ … dann hätten wir höchstwahrscheinlich einen natürlichen Tod aufgrund eines Herzinfarktes durch Überlastung diagnostiziert."

„Und der Mörder wäre ungeschoren davongekommen", stellte Mona düster fest.

Kapitel 3

Hauptkommissar Oltbeck war nicht begeistert, als Mona ihm wenig später in seinem Büro Bericht erstattete. Enno Moll nahm ebenfalls an dem Gespräch teil. Die beiden Kriminalisten saßen vor dem Schreibtisch des kahlköpfigen Dienststellenleiters.

„Und Dr. Brune ist sicher, dass ein Gewaltverbrechen vorliegt, Frau Sander?"

„Alles deutet darauf hin, Herr Hauptkommissar. Außerdem haben wir Proben des Erbrochenen zur Laboranalyse nach Oldenburg geschickt. Wenn wir erst einmal wissen, mit welchem Gift der Täter gearbeitet hat, kann das unsere Ermittlungen entscheidend voranbringen."

Oltbeck nickte.

„Dann finden Sie bitte zunächst heraus, wer ein Interesse am Tod dieses Herrn Lohfink …"

„Lohmann", berichtigte Mona.

„Wer also Herrn Lohmann lieber tot als lebendig sehen wollte", sagte der Dienststellenleiter. „Immerhin scheint also nicht sportlicher Übereifer die Todesursache gewesen zu sein."

„Nein, aber der Borkumer Meilenlauf war meiner Meinung nach der perfekte Rahmen für das Verbrechen."

„Wie meinen Sie das, Frau Sander?"

„Der Mörder muss gewusst haben, dass Lohmann an dem Halbmarathon teilnehmen wollte. Das Opfer war ein Mann über Fünfzig, womöglich hatte er eine Vorerkrankung. Das müssen wir noch checken. Dr. Brune glaubt auch, dass die Vergiftung höchstwahrscheinlich unentdeckt geblieben wäre."

„Wenn die Ersthelferin nicht so ein scharfes Kriminalistinnenauge gehabt hätte", meinte Enno und warf seiner Dienstpartnerin einen anerkennenden Seitenblick zu.

Mona errötete, was sonst eigentlich nicht ihre Art war. Sie konnte mit Lob nicht gut umgehen – vielleicht, weil es bei ihr nur selten ausgesprochen wurde. Aber Enno meinte es wenigstens ehrlich, das wusste sie. Der hünenhafte Ostfriese war der aufrichtigste Mensch, den sie kannte.

Mona stand abrupt auf.

„Dann machen wir uns jetzt an die Arbeit."

„Halten Sie mich bitte auf dem Laufenden", rief Oltbeck ihr nach, als sie gemeinsam mit Enno das Dienstzimmer und die Polizeiwache verließ. Nachdem sie den Namen des Opfers kannten, war es leicht gewesen, bei der Kurverwaltung dessen Borkumer Urlaubsadresse zu erfahren.

„Hardy Lohmann hat gemeinsam mit einer gewissen Annette Heuer ein Ferienhaus in der Grönlandstrate gemietet", sagte Monas Kollege, während sie mit dem Dienstwagen dorthin fuhren. Es war immer noch gespenstisch leer, sogar auf den Hauptdurchgangsstraßen wie der Reedestraße.

„Konnte Lohmann noch etwas zu dir sagen, Mona?"

„Nein. Aber mir ist aufgefallen, dass er einen Ehering trug. Annette Heuer wird wohl kaum seine Gattin sein, oder?"

„Wenn das Opfer mit dieser Frau gemeinsam das Ferienhaus bewohnt, könnte sie ihm ziemlich einfach das Gift verabreicht haben", meinte Enno. Er parkte in der Grönlandstrate, einen Steinwurf weit von der angegebenen Adresse entfernt. Das Feriendomizil war ein traditionelles Friesenhaus aus rotem Backstein mit vielen Heckenrosen im Garten.

Die Eingangstür war mit einem Türklopfer in Form eines stilisierten Wals ausgestattet. Enno schlug den Messingring gegen das Türholz. Mona dachte sich, dass man mit dem Geräusch Tote hätte aufwecken können.

Sie lauschte. Es drang kein Laut aus dem Inneren. Ob Annette Heuer gar nicht anwesend war? Womöglich befand sie sich irgendwo an der Laufstrecke – jedenfalls dann, wenn sie nichts mit dem Giftmord zu tun hatte. Oder sie war bereits getürmt.

Als Enno zum zweiten Mal geklopft hatte, ertönten schlurfende Schritte, dann wurde die Tür geöffnet. Eine attraktive Blondine von ungefähr dreißig Jahren schaute die beiden Kriminalisten mit glasigem Blick an.

„Ja, bitte?“

Mona dachte sich sofort, dass ihr Gegenüber irgendeine Substanz intus hatte. Sie präsentierte ihren Dienstausweis.

„Ich bin Kommissarin Sander von der Polizei Borkum, das ist Oberkommissar Moll. Sind Sie Annette Heuer?“

„Ja, das bin ich.“ Die Stimme klang rau, als ob die Frau mit Whisky gegurgelt hätte. „Was will die Polizei von mir?“

„Das würden wir gern drinnen besprechen.“

Annette Heuer ließ Mona und ihren Kollegen herein. Das Ferienhaus gehörte zur gehobenen Kategorie. Es war in einem modernen Landhausstil eingerichtet, die Möbel wiesen kaum Gebrauchsspuren auf. Besonders gemütlich fand Mona es nicht. Annette Heuer trug ein Sommerkleid, für das es in diesen ersten Septembertagen auf Borkum fast schon zu frisch war. Aber sie schien nicht zu frieren. Die Blonde ließ sich in einen Sessel fallen und schlug ihre langen Beine übereinander. Dabei stieß sie einen Seufzer aus, als ob sie schon der Weg zur Tür erschöpft hätte.

„Sie haben dieses Haus gemeinsam mit Hardy Lohmann gemietet.“

Enno sprach diesen Satz so aus, dass er sowohl eine Frage als auch eine Feststellung sein konnte. Die junge Frau nickte, sie wirkte fahrig und unkonzentriert.

„Ja, das stimmt. Aber Hardy ist nicht da. Er wollte zum Halbmarathon, glaube ich.“

Mona holte tief Luft, bevor sie das Wort ergriff.

„Frau Heuer, wir haben eine traurige Mitteilung für Sie. Hardy Lohmann wurde vergiftet, er lebt nicht mehr."

Mona beobachtete die Frau, während sie sprach. Aber Annette Heuer zeigte keine nennenswerte Gefühlsreaktion. Sie machte einen lethargischen Eindruck. Einen Moment lang fragte sich Mona, ob die Blonde sie überhaupt verstanden hatte. Aber dann hakte Annette Heuer nach.

„Gift, sagen Sie? Kann Hardy sich nicht auch selbst umgebracht haben?"

„Diese Möglichkeit besteht theoretisch, wir sind erst am Anfang unserer Ermittlungen", warf Enno ein. „Aber warum hätte er das tun sollen?"

„Vielleicht, weil sein Leben eine Katastrophe war?"

Annette Heuer begann hysterisch zu kichern, nachdem sie diesen Satz vom Stapel gelassen hatte. Mona warf Enno einen Blick zu. Sie verstanden sich meist, ohne viele Worte machen zu müssen.

„Haben Sie mal einen Personalausweis für uns, Frau Heuer? Wir wissen immer gern, mit wem wir es zu tun haben."

Die Blonde lachte immer noch, was auf Mona weniger humorvoll als schaurig wirkte.

„Wenn es unbedingt sein muss", prustete sie. Tränen liefen über ihre Wangen. Weinte sie nun doch? Die Frau stand auf und nahm eine Handtasche vom Sideboard. Als sie sie öffnete, wandte sie sich von den Polizisten ab. Aber es war zu spät, Mona hatte schon einen Blick ins Innere geworfen.

„Was ist das denn für ein Tablettenröhrchen?"

Mona griff danach. Daraufhin wurde Annette Heuer rabiat.

„Finger weg, das gehört dir nicht!", keifte sie. Außerdem fuhr sie buchstäblich die Krallen aus, versuchte Monas Gesicht zu zerkratzen. Aber damit hatte die Kommissarin gerechnet. Sie wich aus und trat der Täterin in die

Kniekehlen, worauf die Blonde der Länge nach hinfiel. Mona riss ihr die Arme hinter den Rücken.

„Handschellen, Enno."

„Mit dem größten Vergnügen."

Monas Partner reichte ihr die stählerne Acht. Annette Heuers Energie war bereits wieder verpufft. Sie wehrte sich kaum noch, während Mona sie über ihre Rechte belehrte.

„Sie sind verhaftet. Wir beschuldigen Sie des Mordes an Hardy Lohmann. Sie haben das Recht zu schweigen. Alles, was Sie sagen, kann und wird vor Gericht gegen Sie verwendet werden. Sie haben das Recht auf einen Anwalt. Wenn Sie sich keinen leisten können, wird Ihnen ein Pflichtverteidiger zur Verfügung gestellt."

Annette Heuer antwortete mit nicht druckreifen Flüchen. Aber Mona war aus ihrer Zeit bei der Bereitschaftspolizei Schlimmeres gewöhnt.

Kapitel 4

Am darauffolgenden Tag kamen die Ermittlungen kaum voran, da es Sonntag war. Mona brachte lediglich in Erfahrung, dass das Opfer Hardy Lohmann in Scheidung gelebt hatte. Zu dieser Information ließ sich Annette Heuer herab, bevor sie wieder auf stur schaltete. Beim medizinischen Drogenscreening ergab sich, dass die mutmaßliche Mörderin eine chemische Partydroge eingeworfen hatte.

Die Blonde konnte ohnehin nicht vernommen werden, bevor sie nicht ausgenüchtert war. Mona telefonierte herum und bekam schließlich in Hamburg die Noch-Ehefrau an den Apparat. Sandra Lohmann reagierte kühl, als sie vom Tod ihres Mannes hörte.

„Ich bedaure, dass es so ein böses Ende mit Hardy genommen hat. Aber es musste wohl so kommen. Das Leben meines Mannes ist völlig aus den Fugen geraten."

Mona führte sich vor Augen, dass Annette Heuer sinngemäß genau dasselbe gesagt hatte.

„Wie meinen Sie das? Könnten Sie bitte konkreter werden?", hakte Mona nach. Sandra Lohmann antwortete mit einer Gegenfrage.

„Haben Sie denn dieses kleine Flittchen noch nicht eingesperrt?"

„Es gab eine Verhaftung, aber unsere Ermittlungen sind noch nicht abgeschlossen", sagte Mona. Ihr fiel auf, dass sowohl die Ehefrau als auch die mutmaßliche Geliebte emotionslos auf die Todesnachricht reagiert hatten. Bei Annette Heuer konnte es allerdings daran liegen, dass sie unter Drogeneinfluss gestanden hatte.

„Es ist wohl besser, wenn ich selbst nach Borkum komme, um persönlich mit Ihnen zu reden. Das schaffe ich aber erst am Montag."

„Das kann ich nicht von Ihnen verlangen, Frau Lohmann. Aber ich weiß es zu schätzen, wenn Sie direkt mit mir reden wollen. Melden Sie sich bitte einfach auf der Polizeistation, wenn Sie hier sind."

Für den Rest des Sonntags konnte sich Mona mit gutem Gewissen freinehmen. Ein Team der Kriminaltechnik war angefordert worden, aber die Kollegen würden auch erst am Montag das Ferienhaus untersuchen können. Auch mit den Laborergebnissen konnte man am Sonntag noch nicht rechnen.

Plötzlich klingelte ihr Smartphone. Auf dem Display erschien die Information: KENO RUFT AN.

Mona presste die Lippen aufeinander. Es war ein halbes Jahr her, seit sie zum letzten Mal etwas von ihrem Ex-Freund gehört hatte. Ihre Begeisterung darüber, dass er sich meldete, hielt sich in Grenzen. Trotzdem siegte nach einigen Momenten des Zögerns ihre Neugier. Also drückte sie das Gespräch nicht weg.

„Was willst du?"

„Eigentlich wollte ich nur mal antesten, ob du immer noch so eine Kratzbürste bist. Die Frage hat sich jetzt schon von selbst beantwortet."

„Fahr zur Hölle, Keno!"

Er lachte – auf diese selbstbewusste Art, die Mona früher so unwiderstehlich gefunden hatte.

„Willst du gar nicht wissen, wo ich gerade bin?"

„Du wirst es mir sowieso gleich unter die Nase reiben, schätze ich."

„Ich bin auf Borkum, genauer gesagt in *Hinni's Strandoase*. Und ich habe mich gefragt, ob du vielleicht rüberkommen möchtest."

„Und woher willst du wissen, ob ich auf der Insel bin? Auch Polizistinnen haben gelegentlich mal Urlaub. Ich könnte auch auf Honolulu sein."

„Trotz deiner Flugangst? Das bezweifle ich. Außerdem findet an diesem Wochenende der Meilenlauf statt. Es würde mich sehr wundern, wenn du dir dieses Event entgehen lässt. Hast du die Siegerehrung schon hinter dir? Welchen Platz konntest du belegen?“

„Ich komme gleich zu dir“, erwiderte Mona und beendete das Telefonat. Sie blieb mit dem Smartphone in der Hand so lange stehen, dass man sie für eine Pokemón-Go-Jägerin hätte halten können. Mona war innerlich hin- und hergerissen.

Einerseits wollte sie Keno gern wiedersehen. Sie hatte im vorigen Sommer eine heiße Kurzzeit-Affäre mit ihm gehabt. Andererseits hielt sie ihn für einen Dreckskerl, der ihr nicht guttat. Sie hatte ja nicht ohne Grund mit ihm Schluss gemacht. Ihre Gefühle als zwiespältig zu bezeichnen, wäre noch untertrieben gewesen.

Mona ließ ihr Fahrrad bei der Polizeistation und ging langsam zu Fuß Richtung Strand. Selbst in der Bismarckstraße war an diesem Tag nicht viel los. An dieser Hauptachse zwischen dem Inselbahnhof und der Promenade reihten sich zahlreiche Gastro-Betriebe und Souvenirshops aneinander. An schönen Sommertagen herrschte hier abends ein beinahe südländisches Flair, wenn es auch von Ballermann-Atmosphäre noch weit entfernt war.

Warum war Keno nach Borkum zurückgekehrt? Als er sich damals aus dem Staub gemacht hatte, winkte ihm angeblich ein cooler Job in den Staaten. Mona hatte allerdings nicht wirklich daran geglaubt. Entweder handelte es sich komplett um ein Hirngespinst oder Keno redete sich eine Statistenrolle in einem drittklassigen Hollywoodstreifen als einmalige Karrierechance schön.

Aber wenn er so ein Windei war, weshalb hatte er dann bei Mona überhaupt landen können?

Diese Frage stellte sie einstweilen zurück, sie war ohnehin schon gereizt genug. Immerhin erinnerte sich Keno daran, welche von den zahlreichen Strandbuden Borkums Mona bevorzugte. Oder er war einfach von der Bismarckstraße aus in die nächstgelegene gegangen. Jedenfalls erkannte sie Keno schon von Weitem. Er hatte sich kaum verändert. Monas Ex war immer noch der braungebrannte Sonnyboy mit halblangen blonden Wuschelhaaren und einem Grinsen, das er selbst für gewinnend hielt. Mona hingegen fand es süß, wenn sie gute Laune hatte. Und bei mieser Stimmung kam es ihr einfach nur dämlich vor.

Keno saß ganz vorn unter dem Sonnenschutz, sodass er einen Panoramablick auf die Nordsee hatte. Als er Mona bemerkte, sprang er auf und wollte sie umarmen. Sie trat einen Schritt zurück und hob die flache Hand.

„So haben wir nicht gewettet, Bro! Nur, weil ich hier erscheine, darfst du mich noch lange nicht ablecken."

„Schon gut, Süße." Da war es wieder, dieses waschechte Keno-Grienen. „Du siehst gestresst aus – Bier?"

Mona nickte und ließ sich auf einen Stuhl an Kenos Tisch fallen. Genaugenommen war sie ja nicht im Dienst, auch wenn der aktuelle Mordfall ihr das freie Wochenende zerbombt hatte. Ihr Ex eilte zum Selbstbedienungs-Ausgabefenster und kam wenig später mit zwei Flaschen friesischem Pilsener zurück. Angeblich hatte Keno an Mona immer gemocht, dass sie unkompliziert war und Bier aus der Flasche trank. Letzteres traf wirklich zu, wobei sich Mona die erste Eigenschaft eher nicht anheftete. Sie wusste selbst, dass sie ein schwieriger Mensch war. Eigentlich gab es nur eine Person, mit der sie harmonierte, nämlich Enno Moll.

Keno reichte ihr ein Bier, sie stießen an und tranken. Obwohl der Sommer schon fast vorbei war, konnte man die Sonnenstrahlen auf der Haut noch spüren. Der salzige Seewind sorgte für zusätzlichen Durst.

„Was hat dich wieder auf die Insel verschlagen?"

Monas Ex schüttelte lächelnd den Kopf und versuchte, ihr tief in die Augen zu sehen.

„Du kennst den Grund, Süße."

Mona atmete tief durch. Inzwischen hatte sie ihr Temperament meist im Griff. Aber Kenos Art brachte sie immer wieder auf die Palme.

„Nenn mich nicht noch einmal Süße, sonst werde ich sauer. Und das willst du nicht erleben!"

Keno hob abwehrend die Hände.

„Nein, nicht wirklich. Deine Wutausbrüche sind mir noch in lebhafter Erinnerung, S… äh, Mona. Aber sie konnten mich nicht abschrecken. Wäre ich sonst zu dir zurückgekehrt?"

„Und was ist mit der tollen amerikanischen Karriere?", höhnte Mona. „Vom Tellerwäscher zum Millionär?"

Plötzlich verschwand das Grinsen vom Gesicht ihres Ex. Für seine Verhältnisse wirkte er ernst, beinahe nachdenklich.

„Du hast mir einfach sehr gefehlt."

Obwohl Keno die Worte undeutlich aussprach und ausgerechnet in diesem Moment die Möwen besonders laut kreischten, hatte Mona ihn doch verstanden. Sie wusste nicht, was sie antworten sollte. Ihre Gefühle für Keno waren noch nicht völlig erloschen, das wurde ihr nun bewusst. Er nahm ihre Hand. Doch in diesem Moment zog Mona schnell ihre Finger wieder weg.

„So schnell geht das nicht, Freundchen! Du kannst nicht einfach wieder hier auftauchen, als ob nichts geschehen wäre. Es ist fast ein Jahr vergangen, seit du verschwunden bist. Und ich habe nicht ein einziges Mal an dich gedacht."

Was eine glatte Lüge war. Aber in ihrer Freizeit durfte auch eine Polizistin schwindeln, fand Mona.

„Reg dich ab. Ich wollte dir nur auf meine blöde Art unterjubeln, dass ich immer noch in dich verliebt bin."

Sie ging nicht darauf ein und trank einen Schluck Bier.

„Erzähl doch mal von deinen kalifornischen Abenteuern", sagte Mona betont locker. „Ich kann mir nicht vorstellen, dass Malibu cooler ist als der Borkumer Nordstrand."

Da war es wieder, Kenos unverkennbares Grinsen.

„Das kommt wohl auf den Standpunkt an. Also …"

Und er berichtete von Supermodels und Dragster-Rennen und abgehalfterten Filmstars und Obdachlosen mit Sonnenbrillen, während Mona nur mit einem Ohr zuhörte. Sie war erleichtert darüber, dass sie sich am nächsten Morgen wieder in ihren aktuellen Kriminalfall würde stürzen können. Mit Liebeserklärungen konnte sie nicht besonders gut umgehen.

Als es dunkler wurde, füllte sich die Bürgermeister-Kieviet-Promenade mit Urlaubern, so wie an jedem anderen Tag während der Hauptsaison. Man sah immer noch Menschen in Laufklamotten, aber die Helden waren müde. Der Meilenlauf hatte für sportliches Mitfiebern gesorgt, aber nun kehrte wieder Inselalltag ein. Vermutlich ist auch das NDR-Kamerateam schon wieder verschwunden, dachte Mona.

Sie hatte ausgetrunken und erhob sich.

„Danke für das Bier, Keno. Was wirst du denn nun auf Borkum tun, wenn du mich nicht gerade anschmachtest?"

„Ich habe inzwischen eine Lizenz als Personal Trainer, ich kooperiere mit einigen Hotels und mit den Krankenkassen. Es gibt auf Borkum mehr als genug Urlauber und Kurgäste, die etwas Fitness dringend nötig haben."

„Na, dann werden wir uns wohl jetzt öfter begegnen."

„Das hoffe ich sehr", sagte Keno und schaute sie wieder intensiv an, bevor sie sich abwandte und die Treppe zur Bismarckstraße hochstieg.

Immerhin hatte ihr Ex nicht versucht, sie zu küssen. Mona wusste nur nicht, ob sie das gut oder schlecht finden sollte.

Kapitel 5

Am Montagmorgen stand zunächst das Verhör mit Annette Heuer auf dem Programm. Das Tablettenröhrchen hatte Mona zur kriminaltechnischen Untersuchung nach Oldenburg geschickt. Wenn die Pillen mit den Rückständen aus dem Magen des Opfers übereinstimmten, würde vermutlich noch nicht einmal ein Geständnis nötig sein.

Da an der Befragung nach den Vorschriften zwei Beamte teilnehmen mussten, wartete Mona noch auf Enno. Währenddessen plauderte sie bei einer Tasse Tee mit der jungen Polizeimeisterin Grietje Smit.

„Ich bin echt froh, dass dieser Meilenlauf-Stress vorbei ist, Mona. Hast du eigentlich eine Medaille geholt?“

„Nein, mir ist ein Kriminalfall dazwischengekommen.“

Und Mona erzählte von ihrem Erlebnis bei dem Halbmarathon. Grietje machte eine Kopfbewegung Richtung Zellentrakt.

„Ach, deshalb sitzt diese Tussi in der Ausnüchterungszelle? Das habe ich bei der Übergabe gar nicht so richtig mitgekriegt. Erst hat sie noch krakeelt, aber irgendwann wurde sie müde und ist eingepennt. Ich werde ihr gleich mal ein Frühstück bringen.“

„Klar, dann ist sie beim Verhör hoffentlich fit“, meinte Mona. Wenig später traf Enno ein. Mona blickte demonstrativ auf die Uhr.

„Die Verspätung tut mir leid, ich wurde aufgehalten“, brummte Monas Kollege. Sie hob eine Augenbraue.

„Schreibt deine Frau wieder einen Krimi?“

Der Oberkommissar nickte und goss sich einen Tee ein.

„Ja, und momentan ist sie überhaupt nicht zu bremsen. Sie wollte wissen, ob ihre Idee realistisch genug ist, also aus Polizeisicht betrachtet.“

„Und – was hast du gesagt? Hoffentlich hängt jetzt bei euch nicht der Haussegen schief."

Enno grinste.

„Nee, das wohl nicht. Ich habe ihr geraten, nicht zu sehr an der Wirklichkeit zu kleben. Die meisten echten Tötungsdelikte sind doch weder raffiniert geplant noch professionell ausgeführt."

„Zum Glück, sonst würden wir noch mehr Überstunden schieben", erwiderte Mona. „Also los, dann können wir diesen Fall vielleicht auch noch vor dem Mittagessen abschließen."

„Ein alter Mann ist doch kein D-Zug", sagte Enno, während er Mona in den Verhörraum folgte. Grietje brachte Annette Heuer, die keinerlei Widerstand mehr leistete. Die Blonde wirkte nach einer Nacht in der Ausnüchterungszelle nicht mehr so attraktiv wie am Vortag. Ihr Haar hing strähnig herunter, die Wangen waren beinahe grau. Aber dafür sahen die Augen wesentlich klarer aus. Und auch die Stimme hörte sich nicht mehr so verwaschen an. Annette Heuer sank auf den Stuhl, der für sie bereit stand. Mona und Enno saßen ihr am anderen Ende des Tisches gegenüber.

„Ich weiß gar nicht, warum Sie mich hier festhalten. Dass Hardy tot ist, habe ich mitgekriegt. Aber was soll ich damit zu tun haben? Bei diesem blöden Halbmarathon war ich ja noch nicht mal dabei. Oder glauben Sie, ich hätte ihn zu Tode gehetzt?"

Die Verdächtige kicherte albern. Mona fragte sich, ob sie sich überhaupt der Tragweite der Ereignisse bewusst war. Enno stellte Mona und sich noch einmal vor, denn auf das Gedächtnis von Annette Heuer wollte er sich offenbar nicht verlassen. Dann sagte er: „Wir vernehmen Sie als Beschuldigte einer Straftat. Möchten Sie einen Rechtsbeistand hinzuziehen?"

„Ich brauche keinen Paragrafenhengst, ich bin nämlich unschuldig.“

Mona klappte ihren Schnellhefter auf. Sie hatte den Morgen nicht nur dazu genutzt, um mit Grietje zu tratschen.

„Ob Sie unschuldig sind, wird sich zeigen. Unbescholten sind Sie jedenfalls nicht, Frau Heuer. Es gibt eine polizeiliche Akte über Sie, da ist von einem Verstoß gegen das Betäubungsmittelgesetz die Rede.“

Die Blonde seufzte theatralisch.

„Ach Gott, die alte Geschichte meinen Sie! Da wurde ich mit einem Joint erwischt, irgendwann in der Steinzeit. Damals kriegte ich eine Jugendstrafe aufgebrummt, und das war es.“

„Und seitdem hatten Sie nie mehr etwas mit Drogen zu tun, nicht wahr?“, fragte Mona ironisch. „Bis zu dem Zeitpunkt, als Sie uns völlig zugedröhnt die Tür des Ferienhauses öffneten.“

„So weggetreten war ich gar nicht“, behauptete die Verdächtige. „Immerhin kann ich mich an Sie beide erinnern. Und dass Sie rumgestresst haben, weiß ich auch noch.“

„Ich mag es nun mal nicht, wenn man mir die Fingernägel durchs Gesicht ziehen will“, gab Mona trocken zurück. „Was befindet sich eigentlich in dem Tablettenröhrchen, das Sie partout nicht rausrücken wollten?“

Annette Heuer presste die Lippen aufeinander und starrte gegen die Wand.

„Sie müssen sich nicht selbst belasten“, meinte Enno freundlich. „Wir bekommen es ohnehin heraus. Die Substanz wird momentan im kriminaltechnischen Labor untersucht.“

„Wenn Sie es sowieso erfahren, warum fragen Sie dann so dumm?“, erwiderte Annette Heuer patzig.

„Weil wir Ihnen die Möglichkeit geben wollen, ein Geständnis abzulegen.“ Enno ließ sich nicht aus seiner sprichwörtlichen Ruhe bringen. „Das kann sich später vor Gericht strafmildernd auswirken. Außerdem erscheinen Sie dann nicht als eine verstockte Kriminelle.“

Die Verdächtige seufzte und verdrehte die Augen.

„Okay, dann pfeifen Sie Ihre Laborratten mal zurück. In dem Röhrchen waren nur ein paar Spaßpillen, mit denen ich mir die Zeit auf dieser öden Insel versüßen wollte.“

„Unsere ‚Laborratten‘ möchten aber herausfinden, welche Substanzen sich in Ihren ‚Spaßpillen‘ befinden, Frau Heuer“, sagte Mona. „Und vor allem, ob Herr Lohmann mithilfe dieser Tabletten vergiftet wurde.“

Annette Heuer starrte Mona an, als ob sie etwas unglaublich Blödes gesagt hätte.

„Aber Hardy hat meine Pillen überhaupt nicht angerührt! Er war da etwas spießig, aber das muss wohl an seinem Alter liegen.“

Plötzlich fiel ihr Blick auf Enno, der keinesfalls jünger war als das Giftopfer.

„Sorry, war nicht persönlich gemeint“, fügte sie schnell hinzu.

„Ich bin nicht gekränkt“, erwiderte Enno. „Aber Sie sind auf dem Holzweg, wenn Sie meinen, dass es früher keine Drogen gegeben hätte. Ich habe schon als junger Streifenpolizist Hippies auf LSD-Trip aus der Nordsee gefischt, die sich auf die Suche nach Peter Pans Nimmerland machen wollten.“

„Zurück in die Gegenwart“, sagte Mona. „Sie sagten gerade, dass Hardy Lohmann Ihre Tabletten nicht genommen hätte. Aber ich gehe davon aus, dass ihm das Gift von einer anderen Person verabreicht wurde. Momentan sind Sie unsere Hauptverdächtige.“

„Sie glauben also echt, ich hätte Hardy umgebracht? Weshalb hätte ich das denn tun sollen?"

„Sagen Sie es uns."

„Das kann ich nicht, Frau Kommissarin, weil ich es nicht gewesen bin! Wann kapieren Sie das endlich, zum Geier?"

„So kommen wir nicht weiter", stellte Enno fest. „Erzählen Sie uns doch einfach, warum Sie gemeinsam mit Herrn Lohmann dieses Ferienhaus in der Grönlandstrate bewohnt haben."

„Wir wollten ein paar Tage ausspannen. Das heißt, eigentlich war nur Hardy wild auf Borkum. Ich finde die Insel ja stinklangweilig. Aber er hatte sich schon vor einem halben Jahr für diesen Halbmarathon angemeldet, an dem er unbedingt teilnehmen wollte."

„Ja, es gibt nur Platz für insgesamt 1.200 Läufer", sagte Mona. „Da muss man rechtzeitig aktiv werden, sonst kriegt man keine Startnummer mehr. Wie war denn Ihr Verhältnis zu Herrn Lohmann?"

„Ich war seine Geliebte."

Annette Heuer schaute Mona provozierend an. Aber man musste schon schwerere Geschütze auffahren, um sie zu schockieren.

„Wusste seine Frau von dem Verhältnis?"

„Keine Ahnung, wahrscheinlich schon. Jedenfalls hat Hardy nie eine große Geheimniskrämerei betrieben. Er ließ sich in der Öffentlichkeit überall mit mir sehen. Logisch, sonst hätte er ja nicht mit der knackigen jungen Tussi an seiner Seite angeben können."

Mit ‚Tussi' hast du dich selbst gut charakterisiert, dachte Mona. Aber sie sagte: „Was machte er beruflich?"

„Hardy besaß eine Software-Firma, *Lohmann-Solutions* heißt die."

„Und was haben Sie für einen Job?"

Annette Heuer hob ihr Kinn.

„Ich bin Model.“

„Wann hatten Sie denn Ihr letztes Foto-Shooting?“

Entlarvendes Schweigen schlug Monas entgegen.

„Mit anderen Worten: Sie machen nichts“, stellte die Kommissarin fest.

„Ich warte noch auf meinen Durchbruch“, behauptete ihr Gegenüber. Es klang so, als ob Annette Heuer diesen Satz schon unendlich oft ausgesprochen hätte. Für Mona war der Fall klar. Sie betrachtete die junge Frau als eine Vollzeit-Geliebte, die sich von einem älteren Mann aushalten ließ. Die Frage war nur, weshalb sie ihn hätte töten sollen.

„Warum sind Sie nicht zur Rennstrecke gegangen, um Ihren Freund anzufeuern? Das hätten Sie doch wenigstens tun können, wenn Sie schon selbst nicht mitlaufen.“

„Ich finde aber diesen Jogging-Blödsinn stinklangweilig, Frau Kommissarin. Viele Frauen beneiden mich um meine Figur und treiben den ganzen Tag Sport, um ihre Fettpölsterchen in Schach zu halten. Aber ich brauche das nicht, ich halte mein Gewicht problemlos.“

„Sie hätten aber Herrn Lohmann anfeuern können, um ihm Ihre Wertschätzung zu zeigen.“

„Er konnte froh sein, dass ich mich mit ihm abgegeben habe!“, zischte Annette Heuer. Im nächsten Moment schien sie ihren Ausbruch schon zu bereuen. Erklärend fügte sie hinzu: „Ich meine, weil ich doch so viel jünger bin als er.“

Mona spürte, dass sie der Wahrheit auf der Spur war.

„Gestern sagten Sie sinngemäß, Hardy Lohmanns Leben wäre eine Katastrophe. Was genau haben Sie damit gemeint?“

Annette druckste herum. Mona öffnete bereits den Mund, um noch einmal Druck zu machen. Aber dann redete die Verdächtige schließlich doch.

„Warum soll ich nicht auspacken? Schließlich bin ja nicht ich diejenige, die Mist gebaut hat. Wenn man davon absieht, dass Sie die paar Spaßpillen bei mir gefunden haben. Aber das sind so wenige, die gehen locker als Eigenbedarf durch. Aber Hardy würde richtig in der Tinte sitzen, wenn er noch am Leben wäre."

„Und weshalb?"

„Weil seine Firma praktisch pleite ist, Frau Kommissarin! Okay, so etwas kann vorkommen. Aber bei Hardy geht es richtig heftig zur Sache. Er steckte mit solchen Abmahnanwälten unter einer Decke, die massenhaft Leute mit fingierten Zahlungsaufforderungen terrorisiert haben. Hardy hat eine Software entwickelt, mit der man diese Betrügereien einfädeln konnte. Es ist wohl eine ganze Zeitlang gutgegangen. Aber irgendwann sind Ihre Kollegen Hardy auf die Schliche gekommen."

„Falls Herr Lohmann mit Haftbefehl gesucht wurde, hätte die Hamburger Polizei ihn wohl kaum nach Borkum reisen lassen", gab Enno zu bedenken. Annette Heuer zuckte mit den Schultern.

„Das müssen Sie Ihre Kollegen fragen, ich verstehe nichts davon."

„Darum kümmern wir uns, keine Sorge", versicherte Mona. „Hardy Lohmann stand also als Mann über fünfzig vor dem Nichts und musste vielleicht sogar mit einer Haftstrafe rechnen. Und trotzdem fährt er mit Ihnen gemeinsam in den Urlaub?"

„Ja, genau. Ich fand es auch seltsam, ehrlich gesagt. Aber Hardy war schließlich erwachsen und für sein Leben selbst verantwortlich. Weshalb er das getan hat, kann ich Ihnen auch nicht sagen. Ich bin schließlich keine Psychologin, sondern Model."

„Und es hat Sie nicht gestört, dass Ihr wohlhabender älterer Geliebter demnächst pleitegeht?", hakte Mona nach.

„Toll fand ich es natürlich nicht. Man lebt doch mit Geld besser als ohne, nicht wahr? Aber Hardy hat sich gewiss nicht absichtlich erwischen lassen. Ich stelle es mir so vor, dass er sich mit mir noch ein paar schöne Tage machen wollte, bevor seine Welt endgültig zusammenbrach. Und für diesen dämlichen Halbmarathon hat er sich ja schon vor ein paar Monaten angemeldet. Vom Knast aus hätte Hardy daran garantiert nicht mehr teilnehmen können."

Mona versuchte, sich in das Mordopfer hineinzuversetzen. War es nicht sehr gut vorstellbar, dass Hardy Lohmann der Welt und sich selbst beweisen wollte, wozu er in der Lage war? Ein Mann, der die Herausforderung suchte, hätte gewiss trotzig an dem Rennen teilgenommen. Annette Heuers Aussage klang zunächst plausibel. Mona lehnte sich in ihrem Stuhl zurück.

„Wenn Sie Ihren Geliebten nicht vergiftet haben, muss es logischerweise jemand anderes getan haben. Wer könnte von Hardy Lohmanns Tod profitieren?"

Annette Heuer schnitt eine Grimasse.

„Oh, da fallen mir eine ganze Menge Leute ein. Praktisch jeder, der durch diese Abmahntricks unter Druck gesetzt wurde. Und das müssen Tausende sein. Oder die schmierigen Abmahnanwälte, die Hardy mit in den Abgrund zu ziehen drohten. Das waren fünf oder sechs Typen, aber Namen kann ich Ihnen nicht nennen. Ich war ja Hardys Geliebte und nicht seine Sekretärin. Und zu guter Letzt gibt es natürlich auch noch seine Gattin, von der er sich wegen mir scheiden lassen wollte. Sandra Lohmann fand es gewiss nicht amüsant, gegen eine jüngere und attraktivere Frau ausgetauscht zu werden."

„Sie sind ja ganz schön von sich eingenommen", knurrte Mona. „Aber dann hätte Frau Lohmann doch besser Sie getötet als ihren Noch-Ehemann."

„Eigentlich haben Sie recht, Frau Kommissarin. Aber seien wir ehrlich: Wenn ich nicht mehr leben würde, dann hätte sich Hardy sehr schnell mit einer anderen jungen Blondine getröstet.“

„Sie müssen es ja wissen, Sie haben ihn gekannt“, sagte Mona. Und sie dachte sich im Stillen, dass sie diesem Mann zu Lebzeiten glücklicherweise niemals über den Weg gelaufen war. Er hatte offenbar zu der Sorte Mensch gehört, von der Mona abgrundtief angewidert wurde. Und trotzdem durfte und wollte sie seinen Mörder nicht ungeschoren davonkommen lassen.

Kapitel 6

Nach dem Verhör wurde Annette Heuer von Polizeimeisterin Grietje Smit und Polizeimeister Hinderk Ekhoff mit der nächsten Fähre aufs Festland gebracht. Sie kam ins Untersuchungsgefängnis und sollte baldmöglichst einem Haftrichter vorgeführt werden. Enno hatte noch einen Tee aufgesetzt.

„Du siehst nicht gerade zufrieden aus, Mona."

„Wundert dich das? Annette Heuer ist gewiss nicht die hellste Kerze auf der Torte, und sie hat keine Hemmungen, sich Drogen reinzupfeifen. Aber dadurch wird sie noch lange nicht zur Mörderin."

„Aggressiv ist sie schon, finde ich. Wenn ich daran denke, wie sie dir das Gesicht zerkratzen wollte …"

„Das ist ihr ja nun nicht gelungen. Mir fehlt bei ihr vor allem ein überzeugendes Motiv für einen so eiskalt geplanten Giftmord."

„Vielleicht hat sie uns verschwiegen, dass Hardy Lohmann sie abservieren wollte. Vielleicht war es ihm mit seinem neuen blonden Spielzeug schon langweilig geworden. Daraufhin fühlte sich Annette Heuer tödlich gekränkt und wollte sich rächen."

Mona schüttelte den Kopf.

„Normalerweise würde ich dir recht geben. Aber die Beschuldigte wusste ja, dass Lohmann vor dem Nichts stand. Ein armer Schlucker ist als Sugardaddy denkbar ungeeignet."

„Ja, das hat sie uns gegenüber eingeräumt. Und was ist, wenn Lohmann ihr seine bevorstehende Pleite verschwieg? Wer weiß, ob Annette es nicht heimlich herausbekommen hat."

„Enno, dafür hat sie zu wenig Grips."

Der Ostfriese hob seine buschigen Augenbrauen.

„Höre ich da etwa ein Vorurteil gegen blonde Frauen heraus?“

Mona lachte.

„Damit würde ich mir ins eigene Fleisch schneiden. Ich bin nämlich rotblond, falls du es noch nicht bemerkt hast.“

„Jetzt, wo du es sagst …“ Enno grinste, dann griff er zum Telefonhörer. „Ich rufe mal im Hamburger Präsidium an. Wenn die Kollegen wirklich gegen Lohmann ermitteln, dann können sie uns bestimmt Akteneinsicht gewähren.“

Während der Oberkommissar zu telefonieren begann, zog Mona Latexhandschuhe über. Dann machte sie sich daran, die Handtasche der Verdächtigen genauer unter die Lupe zu nehmen. Bisher war sie noch nicht dazu gekommen. Außer dem Tablettenröhrchen hatte sie keinen Gegenstand gefunden, der auf den ersten Blick verdächtig aussah. Lippenstift, Puderdose, Papiertaschentücher – diese Dinge waren ausnahmslos teure Markenware. Aber Rückschlüsse auf das Verbrechen konnte sich Mona davon nicht erhoffen. Vielversprechender war da schon das Smartphone. Mona klickte auf die Kontaktliste. Es würde einige Zeit dauern, bis sie die Personen alle überprüft hatte. Offenbar verfügte Annette Heuer über einen großen Bekanntenkreis. Und was hatten diese Zahlenkombinationen in der Notizbuch-Funktion zu bedeuten? Die Besitzerin des Smartphones hatte offenbar lange Ziffernkolonnen eingetippt, aber weshalb?

Mona hatte bisher angenommen, dass Annette Heuer nicht bis drei zählen konnte. Ob sie ihr Urteil revidieren musste? Oder waren diese Zahlen so etwas Ähnliches wie ein Sudoku, nur komplizierter? Oder hatten diese Notizen etwas mit Lohmanns Machenschaften zu tun? War die Mordverdächtige doch stärker in die dunklen Geschäfte ihres Opfers verstrickt, als sie zunächst zugegeben hatte?

Mona rauchte der Kopf. Sie bekam nur mit halbem Ohr mit, was ihr Dienstpartner per Ferngespräch zu bereden hatte. Die Kommissarin ließ sogar ihren Tee kalt werden, während sie über ihren Fund rätselte. Endlich riss Ennos Stimme sie aus ihren Grübeleien.

„Hallo? Ist jemand zu Hause?"

„Meinst du mich, Enno?"

„Ich spreche mit der rotblonden Polizistin, die nun schon zum dritten Mal nicht auf meine Frage antwortet, ob sie an den Ermittlungsergebnissen des Hamburger Betrugsdezernats interessiert ist."

Mona lächelte entschuldigend und schaute ihr Gegenüber an.

„Verzeih mir bitte. Aber jetzt bin ich ganz Ohr."

Der hünenhafte Ostfriese beugte sich über den Notizblock, den er mit seiner unleserlichen Handschrift gefüllt hatte.

„Annette Heuer hat uns nicht angelogen, was die kriminellen Aktivitäten ihres Liebhabers angeht. Lohmann ist sogar noch viel tiefer in Betrug und Erpressung verstrickt, als Annette Heuer es bisher begriffen hat. Die Hamburger Kollegen haben eine Sonderkommission Abmahnungswesen eingerichtet, und Lohmanns Firma steht im Fokus ihrer Arbeit."

„Es wurde ja auch Zeit, dass diesen Verbrechern mal das Handwerk gelegt wird", seufzte Mona. „Es gibt viel zu viele Schurken, die sich in dieser Grauzone eine goldene Nase verdient haben."

Enno nickte.

„Das Problem war bisher immer die Beweisbarkeit von kriminellen Aktivitäten. Aber Lohmanns Spezialsoftware ist so manipulativ, dass man damit selbst völlig unbescholtene Bürger zu Opfern dieser Abmahnmasche machen kann."

„Schön, dass die Hamburger Polizei das erkannt hat. Es bleibt allerdings die Frage offen, weshalb sie Lohmann nicht schon längst verhaftet haben."

„Der Kollege, mit dem ich sprach, war deshalb selbst frustriert. Der Richter, der den Haftbefehl unterschreiben soll, sieht bei Lohmann weder Flucht- noch Verdunkelungsgefahr. Daher konnte er auch ungehindert nach Borkum reisen."

„Wenn Lohmann hinter Gittern säße, würde er vielleicht noch leben. Was denkt denn der Hamburger Kollege über ein mögliches Mordmotiv? Kennt er Annette Heuer?"

„Ja, seit einiger Zeit sind Lohmann und die Heuer unzertrennlich. Der Unternehmer ist aus seinem Haus in den Elbvororten ausgezogen und wohnt mit seiner Geliebten in einem schicken Apartment in Eppendorf. Dort wurde er von einer Observierungsgruppe beschattet. Aber nichts deutete auf eine Flucht hin."

„Dann hat also auch der Borkum-Aufenthalt die Kollegen nicht überrascht?"

„Nein. Lohmann hat sogar auf seiner Unternehmenshomepage eine Nachricht hinterlassen, dass er Urlaub auf unserer schönen Insel macht."

„Frecher geht es ja wirklich nicht mehr", stellte Mona fest. „Andererseits – wenn Lohmann so laut herausposaunt hat, wo er sich für die Ferien einnisten will, dann konnte sein späterer Mörder ihm in aller Ruhe nachreisen und den Giftmord einfädeln."

„Du hast recht, Partnerin. Auf jeden Fall muss der Täter Lohmanns Gewohnheiten gekannt haben. Ich vermute, dass das spätere Opfer vor dem Rennen noch etwas getrunken hat."

„Davon kannst du ausgehen. Womöglich hat sich Lohmann schon am Vorabend einen Shake vorbereitet. Sein Mörder musste das Gift nur noch daruntermixen. Wenn klar war, dass die Geliebte nicht mitlaufen würde, konnte also nur Lohmann das Getränk zu sich nehmen."

„Und wenn auf dem Totenschein ein Herzinfarkt als Todesursache gestanden hätte, wäre es das perfekte Verbrechen gewesen", ergänzte Mona. „Jetzt müssen wir nur noch herausfinden, wer es gewesen ist. Ich werde mich weiter mit Annette Heuers Kontakten befassen. Könntest du mit Frau Lohmann sprechen, wenn sie hier auftaucht?"

„Ich?"

Mona schenkte ihrem Partner ein Lächeln.

„Du kannst mit einer reiferen Dame gewiss besser umgehen als ich."

Mona hatte Sandra Lohmann schon bei ihrem kurzen Telefonat unsympathisch gefunden. Die Kommissarin wollte das Schicksal nicht herausfordern, indem sie sich schon wieder mit ihrer vorlauten Art in Teufels Küche brachte. Außerdem konnte es nichts schaden, die Aufgaben zu verteilen. Es gab schließlich genug Arbeit.

Zuvor gönnten sich die beiden Kriminalisten allerdings noch eine Mittagspause. Sie gingen hinüber zum *„Knurrhahn"* in der Franz-Habich-Straße. Mona aß einen Neptunsalat mit Räucherlachs und Kräuterrahmdressing, während Enno sich für Backfischfilet mit Pommes Frites entschied. Sie beobachteten an ihrem Stehtisch die Massen von Urlaubern und Kurgästen, die sich an dem traditionellen Fisch-Imbiss vorbeidrängten. Mona lag die Bemerkung auf der Zunge, dass jeder von ihnen der Mörder sein konnte. Aber sie schaffte es gerade noch rechtzeitig, ihre Klappe zu halten. Wenigstens in der Pause wollte sie abschalten können oder es zumindest versuchen.

Im Lauf des Vormittags war ein Spurensicherungsteam vom Festland eingetroffen und hatte mit der gründlichen Durchsuchung des Ferienhauses begonnen. Als Mona und

Enno gestärkt zur Polizeistation zurückkehrten, war dort gerade Sandra Lohmann eingetroffen.

Die frischgebackene Witwe sah genauso aus, wie Mona sie sich vorgestellt hatte. Sandra Lohmanns Haut war gebräunt und so makellos wie bei einem jungen Mädchen. Lediglich die Falten um die Augenpartie wiesen auf ihr wahres Alter hin. Sie trug ein dunkelblaues Geschäftskostüm, das nicht so recht zur Urlaubsatmosphäre von Borkum passen wollte. Die Dauerwelle war so perfekt frisiert, dass es sich auch um eine Perücke hätte handeln können.

Sandra Lohmann warf einen Blick in die Runde. Sie schaute die beiden Kriminalisten an, als ob sie als Schüler vor einer strengen Lehrerin stehen würden.

„Ich weiß wirklich nicht, weshalb ich hier meine Zeit verschwenden soll."

„Mein Name ist Oberkommissar Enno Moll und ich spreche Ihnen mein aufrichtiges Beileid aus", sagte Monas Kollege freundlich. „Wie wäre es mit einer Tasse Tee?"

Mona wartete die Reaktion der Witwe nicht ab, sondern verdrückte sich wortlos in den leeren Verhörraum. Dort befasste sie sich intensiv mit Annette Heuers Kontaktadressen. Darüber vergaß sie die Zeit. Es war schon über eine Stunde vergangen, als plötzlich die Tür aufgerissen wurde. Mona erschrak.

„Schon mal was vom Anklopfen gehört?", blaffte sie. Es war ein junger Kriminaltechniker aus Oldenburg, der den Kopf zur Tür hereingesteckt hatte. Und er wurde prompt rot im Gesicht.

„Verzeihen Sie, Frau Kommissarin. Ihr Partner ist gerade im Gespräch, und die Kollegin vorne im Wachlokal sagte, ich solle mich an Sie wenden. Wir haben zwei Ergebnisse der Tatortuntersuchung, die Sie garantiert interessieren dürften."

„Nämlich?“, hakte Mona ungeduldig nach. Der Techniker hob eine Beweismitteltüte, die dicke Banknotenbündel enthielt.

„Das hier sind 100.000 Euro, die wir in dem Ferienhaus sichergestellt haben.“

Mona schnappte nach Luft. Damit hatte sie nicht gerechnet. Aber es kam noch besser. Ihr Gegenüber schien zu spüren, dass er nun ihre volle Aufmerksamkeit hatte. Lächelnd fuhr er fort: „Außerdem konnten wir eine Minikamera sicherstellen, die in einem Keramik-Leuchtturm versteckt war. Mit ihr konnten die Küche und der Wohnbereich überwacht werden.“

Kapitel 7

Mona musste diese Neuigkeiten erst einmal verdauen.

Der Kriminaltechniker blieb in der Türöffnung stehen und schaute sie erwartungsvoll an. So wie ein Hund, der ein Stöckchen apportieren wollte. Mona versuchte sich zu konzentrieren.

„Ich muss gestehen, dass ich Ihren Namen vergessen habe …“

„Andreas Brink.“

Die Kommissarin lächelte entschuldigend.

„Herr Brink, wo konnten Sie das Geld sicherstellen?“

„Es befand sich in einer mit Klebeband zusammengehaltenen Plastiktüte, die unter der Schmutzwäsche im Bad versteckt war. Und um Ihre nächste Frage gleich vorwegzunehmen: Es gab verwertbare Fingerabdrücke auf dem Behältnis. Aber einen Abgleich mit den Prints von verdächtigen Personen können wir erst im Labor vornehmen.“

„Selbstverständlich. Unsere momentane Hauptverdächtige wird sowieso auf dem Festland erkennungsdienstlich behandelt. Also werden wir schon bald klarer sehen. – Und was ist mit dieser Mini-Kamera? Die sind doch meist mit einer Mikro-SD-Karte versehen, oder?“

„Ja, Frau Sander. Aber die Speicherkarte fehlt. Außerdem kann die Kamera drahtlos gesteuert werden, beispielsweise mit einem Smartphone. Die Reichweite hält sich aber in Grenzen. Wer immer die Kamera kontrolliert hat, wird das irgendwo auf Borkum getan haben, nicht auf einer Nachbarinsel oder auf dem Festland.“

Mona griff zu Annette Heuers Smartphone.

„Dieses Gerät gehört der Hauptverdächtigen … Mal schauen … also, sie hat keine Steuerungs-App hier drauf. Aber das muss nichts zu bedeuten haben. Außerdem hat

Annette Heuer in dem Ferienhaus gewohnt. Weshalb sollte sie Räume überwachen, in denen sie selbst anwesend war?"

„Für die Schlussfolgerungen sind Sie zuständig", sagte Brink.

Das weiß ich selbst, hätte Mona beinahe gebrummt. Aber sie verzichtete auf eine patzige Antwort, denn die Erkenntnisse der Kriminaltechnik ließen den Fall noch interessanter werden. Jetzt war Monas Jagdfieber so richtig erwacht.

„Vielen Dank, Herr Brink. Sie haben uns sehr weitergeholfen."

„Immer wieder gern, Frau Kommissarin. Ich verabschiede mich jetzt, auch im Namen meiner Kollegen. Wir verlassen Borkum mit der nächsten Fähre."

Der Kriminaltechniker versprach noch, sich persönlich um den Abgleich der Fingerabdrücke zu kümmern. Dann hatte er die Inselwache bereits verlassen. Ob sich Annette Heuers Prints auf dem Geldpaket befinden würden? Daran zweifelte Mona stark. So, wie sie die Blonde einschätzte, hätte die sich längst mit dem Geld aus dem Staub gemacht.

Als die Kommissarin den Verhörraum verließ, verabschiedete sich auch Enno gerade von der Witwe.

„Ich kann also davon ausgehen, dass die sterblichen Überreste meines Mannes nach der Obduktion von Oldenburg nach Hamburg überstellt werden?"

Der Oberkommissar nickte.

„Selbstverständlich. Das geht alles seinen geregelten Gang."

„Es ist schön, dass nun wieder Ordnung herrscht, nachdem Hardy in den letzten Monaten vor seinem Ableben für so viel Chaos gesorgt hat. – Leben Sie wohl, Herr Moll."

Sandra Lohmann würdigte Mona keines Blickes, sondern stiefelte zielstrebig hinaus.

Mit dieser Zimtzicke wäre ich garantiert zusammengerasselt, dachte Mona voller Selbsterkenntnis. Dann wandte sie sich an ihren Dienstpartner.

„Hast du dem hanseatischen Kühlschrank etwas Wichtiges entnehmen können?“

„Wie man es nimmt. Sandra Lohmann hat mir eine ganz andere Version der Schwierigkeiten untergejubelt, in denen ihr Ehemann steckte. Von den Betrügereien mit den Abmahnanwälten wusste sie angeblich nichts. Laut Frau Lohmann hatte sich ihr Mann bei einem Kredithai eine große Summe Geldes beschafft. Und als er die Raten nicht rechtzeitig zahlen konnte, hatte er so einen Russenmafia-Inkassotypen am Hals.“

Mona hob die Augenbrauen.

„Wer geht denn heutzutage noch zu einem Kredithai? Die Banken betteln doch darum, uns so viel Geld wie möglich leihen zu dürfen.“

„Ich weiß ja auch nicht, ob die Aussage stimmt, Mona. Normalerweise erkenne ich meist sehr schnell, ob mich jemand anlügt oder nicht. Aber die Lohmann hat ein echtes Pokergesicht aufgesetzt, ihre Miene war undurchdringlich.“

„Ja, wie eine Totenmaske“, lästerte Mona. „Apropos: Wie schätzt du denn die Trauer der frischgebackenen Witwe ein?“

„Wenn Sandra Lohmann den Tod ihres Mannes bedauert, konnte sie das jedenfalls sehr gut vor mir verbergen. Sie schien nur Verachtung für ihn übrigzuhaben. Außerdem musste sie sich wegen seiner Schulden mit diesen Inkassotypen abgeben, wie sie sich ausdrückte. Immerhin müssten die Geldeintreiber wohl verstanden haben, dass bei der Ehefrau nichts zu holen ist.“

„Diese Kerle sind meist ziemlich clever“, stimmte Mona zu. „Hat die Witwe Namen genannt?“

„Angeblich soll ein gewisser Turgew im Auftrag des Kredithais unterwegs gewesen sein. – Du wirst so nachdenklich, Mona."

„Ich versuche, die Puzzleteile zusammenzusetzen."

Die Kommissarin erzählte ihrem Partner von dem Geldfund und der Minikamera. Enno pfiff durch die Zähne.

„Möglicherweise könnten Turgew und seine Leute Hardy Lohmann und Annette Heuer bespitzelt haben."

„Glaubst du das wirklich, Enno? Ich hätte eher angenommen, dass die Inkassotypen in das Ferienhaus stürmen und dem Schuldner Arme und Beine brechen würden. Oder ist das zu klischeehaft gedacht?"

„Es gibt nichts, was es nicht gibt", philosophierte der grauhaarige Ostfriese. „Jedenfalls sollten wir den Namen Turgew durch unsere Datenbanken laufen lassen. Es wäre gut zu wissen, ob er oder einer seiner Schergen auf Borkum ist."

„Eine andere Person befindet sich definitiv auf der Insel, nämlich Sven Schaller", sagte Mona mit mühsam unterdrücktem Stolz. Enno warf ihr einen verständnislosen Blick zu.

„Und wer soll das sein?"

„So genau weiß ich das auch noch nicht. Tatsache ist, dass Annette Heuer seine Handynummer in ihrem Smartphone gespeichert hat. Ich habe gleich mal sein Facebook-Profil gecheckt, jetzt weiß ich auch, wie er aussieht. Ist ein ganz hübscher Typ."

„Ich wusste gar nicht, dass du momentan auf Männerfang bist."

Mona ließ sich von Ennos Spruch nicht beirren und redete weiter: „Laut Kurverwaltung bewohnt Sven Schaller seit drei Tagen ein Zimmer im Hotel *Teutonia*. Und ich glaube nicht, dass ein Bekannter unserer Hauptverdächtigen rein zufällig zeitgleich mit ihr auf unserer schönen Insel Urlaub macht."

„Dann sollten wir Herrn Schaller vorladen und ausquetschen."

Die Kommissarin schüttelte den Kopf.

„Ich würde lieber versuchen, mich Schaller undercover zu nähern."

„Weil er so gut aussieht?"

Bei jedem anderen hätte Mona diesen Spruch nicht durchgehen lassen. Aber sie wusste ja, dass Enno sie gern freundschaftlich hochnahm. Umgekehrt war es genauso.

„Ja, selbstverständlich! – Nein, ernsthaft: Wir haben gegenüber den Medien bisher geheim halten können, dass Lohmann ermordet wurde. Es war nur von einem bedauerlichen Todesfall während des Meilenlaufs die Rede. Wenn Schaller etwas mit der Tat zu tun hat, wird er sich also in Sicherheit wähnen und mich nicht für eine Polizistin halten."

„Meinetwegen, aber Oltbeck soll die Aktion absegnen. Ich will nicht schuld sein, wenn dir etwas zustößt."

„Dein Charme betört mich immer wieder", gab Mona lachend zurück. Sie gingen gemeinsam zu ihrem Vorgesetzten. Der Hauptkommissar war zunächst skeptisch.

„Ist denn eine verdeckte Ermittlung wirklich nötig, Frau Sander? Ich dachte, Sie hätten die mutmaßliche Täterin bereits verhaftet."

„Die Verdächtige beteuert nach wie vor ihre Unschuld. Und es erscheint gut möglich, dass sie einen Komplizen gehabt hat."

Oltbeck seufzte.

„Also gut, aber dann soll Herr Moll in Sichtweite bleiben. Ich möchte nicht, dass Sie sich ohne Rückendeckung in Gefahr begeben."

„Ich kann sehr gut auf mich selbst aufpassen, Herr Hauptkommissar."

„Sie haben soeben eine dienstliche Anweisung bekommen, die Sie befolgen müssen", erwiderte Oltbeck steif. Mona gab klein bei. Wenn sie jetzt einen Zwergenaufstand machte, würde sie den Vorgesetzten nur gegen sich aufbringen. Doch vor allem plagte sie nun ein schlechtes Gewissen, weil sie Enno soeben seinen Feierabend vermurkst hatte. Der hünenhafte Ostfriese musst gespürt haben, was in ihr vorging. Jedenfalls legte er seine Pranke auf ihre Schulter, als sie gemeinsam Oltbecks Dienstzimmer verließen.

„Mach dir keinen Kopf, Mona. Birte wird froh sein, wenn ich mal nicht daheim bin und sie in Ruhe ihren Ostfriesenkrimi weiterschreiben kann."

„Dann hasst du mich also nicht?"

„Nicht mehr als üblich", erwiderte Enno grinsend.

Bevor Mona etwas entgegnen konnte, klingelte das Telefon auf ihrem Schreibtisch. Sie nahm den Hörer ab.

„Moin, Kommissarin Sander am Apparat."

„Hier spricht Dr. Wichers vom Kriminaltechnischen Institut Oldenburg. Die Analyse dieser … äh … Substanz ist erfolgt. Ich habe Ihnen den schriftlichen Bericht soeben per Mail zukommen lassen."

Substanz? Mona erinnerte sich an ihre Trinkflasche mit dem Erbrochenen. Na ja, ‚Substanz' war vielleicht ein passender neutraler Begriff dafür. Sie bedankte sich artig und beendete das Gespräch. Dann druckte sie den Mail-Anhang aus, um ihn gemeinsam mit Enno durchzugehen.

„Bei dem tödlichen Gift handelte es sich also um Aluminiumphosphid. Das ist ein Hauptbestandteil bei der Schädlingsbekämpfung, wenn ich mich nicht irre", sagte Enno. „Ich habe einen bäuerlichen Freund auf dem Festland, der mit dem Zeug die Ratten und Mäuse in seinem Getreidespeicher killt."

„Jedenfalls kann man damit nicht nur Nagetiere umbringen. Dr. Wichers schreibt, dass bei Lohmann ein massives Hirn- und Lungenödem aufgetreten ist, außerdem konnte ein schaumiges Sekret in den Bronchien nachgewiesen werden. Die eigentliche Todesursache war aber ein Herzinfarkt, hervorgerufen durch die Vergiftung. Und das ist für uns der entscheidende Punkt. Übrigens wurden im Magen auch Reste von Kirschen, Blaubeeren und anderem Beerenobst nachgewiesen. Bisher hatten wir ja nur angenommen, dass Lohmann einen Shake getrunken hat. Jetzt würde ich fest davon ausgehen."

„Offenbar sind ungefähr zwei Stunden zwischen der Verabreichung des Giftes und der eingetretenen Wirkung vergangen."

„Das haut hin, Enno. Gift-Mix zum Frühstück, Startnummer abholen, beim Start einfinden, loslaufen - und schon sind zwei Stunden vorbei. Der Mörder muss darauf spekuliert haben, dass Lohmann irgendwo in den Dünen zusammenbricht. Obwohl ich sofort den Notarzt und den Rettungsdienst alarmiert habe, kam die Hilfe zu spät. All das hat der Täter bei seiner Planung berücksichtigt."

„Und das Rattengift zu beschaffen, ist nicht nur für Landwirte ein Kinderspiel", ergänzte der Oberkommissar. „Ich frage mich nur, ob Lohmann das Gift nicht geschmeckt hat. Außerdem müsste er doch die Tabletten bemerkt haben."

Mona schüttelte den Kopf.

„Ich habe in der Küche des Ferienhauses frischen Ingwer gesehen. Der hat einen sehr intensiven, scharfen Geschmack. Wenn sich das spätere Opfer damit einen Power-Drink gemixt hat, wird das Ingweraroma alles andere überlagert haben. Außerdem gehörte auch eine Beeren-

Mischung zu dem Shake. Im Tiefkühlfach befand sich jedenfalls eine angebrochene Tüte mit der Mixtur. Wenn die Tabletten unter dem Obst lagen, waren sie für ihn praktisch unsichtbar."

„Wir haben es also mit einem Täter oder einer Täterin zu tun, der oder die Lohmanns Gewohnheiten genau kannte. Das spricht eigentlich für Annette Heuer. Aber bei ihr wurde kein Aluminiumphosphid gefunden."

„Das beweist noch überhaupt nichts." Mona stand auf. „Ich werde jetzt etwas Vorarbeit leisten, um mich später Schaller an den Hals werfen zu können."

Enno wollte sich ebenfalls erheben, aber sie hielt ihn zurück.

„Ich will erst mal nur vorfühlen, wo ich ihm rein zufällig über den Weg laufen werde. Das schaffe ich gerade noch allein."

„In Ordnung, wir können uns dann ja später telefonisch absprechen."

Mona verließ die Polizeistation in der Strandstraße und ging am Neuen Leuchtturm vorbei Richtung Promenade. Nach dem Besucheransturm im Rahmen des Meilenlaufs hatte die Insel wieder zu ihrer Alltagsroutine zurückgefunden. Tagtäglich reisten mit der Kleinbahn zwischen Fährhafen und Ortskern Touristen und Kurgäste an, die hauptsächlich wegen Haut- und Atemwegserkrankungen behandelt wurden.

Das Hotel *Teutonia* mit seiner weißen Gründerzeitfassade stammte noch aus dem frühen 20. Jahrhundert, wie man anhand des Namens unschwer schlussfolgern konnte. Es hatte einen unverbaubaren Panoramablick auf den Nordstrand und war daher trotz - oder wegen - seines altertümlichen Charmes immer noch beliebt.

Mona hoffte, dass sie nicht gerade jetzt Schaller über den Weg laufen würde. Sie betrat das Foyer und steuerte auf die

Rezeption zu. Nicole Berger blickte auf. Die Hotelangestellte erkannte Mona sofort wieder. Vor einigen Wochen hatte es eine spektakuläre Verhaftung eines Hoteldiebs gegeben.

„Moin, Frau Kommissarin! Hat sich wieder ein Langfinger bei uns eingenistet?“

Mona legte den Finger an ihre Lippen und sprach leise, als sie nun das Wort ergriff.

„Ich muss Sie um Verschwiegenheit bitten, Frau Berger. Nein, diesmal geht es nicht um einen Hoteldieb. Wir ermitteln in einer anderen Sache, und dabei fiel der Name Sven Schaller.“

Die Angestellte erschrak.

„Das ist ein Gast, ich habe ihn persönlich eingecheckt! Ist er – gefährlich?“

„Es besteht für Sie kein Anlass zur Beunruhigung, Frau Berger. Mich interessiert, wo sich Schaller abends aufhält. Er ist jung und sieht ganz passabel aus. Ich kann mir nicht vorstellen, dass er immer nur auf seinem Zimmer hockt.“

„Das tut er auch nicht“, bestätigte Nicole Berger eifrig. „Herr Schaller fragte mich gleich am Ankunftstag, wo man auf Borkum gut ausgehen könnte. Ich verwies ihn auf die Bars und Restaurants unten an der Promenade.“

„Ich verstehe. Bitte lassen Sie sich gegenüber dem Gast nicht anmerken, dass die Polizei sich für ihn interessiert. Könnten Sie mich anrufen, wenn Ihnen noch etwas Außergewöhnliches auffällt? Jede Kleinigkeit kann wichtig sein.“

Mona gab der Angestellten eine ihrer Visitenkarten. Nicole Berger versicherte, dass sie die Augen aufhalten würde. Daraufhin verabschiedete sich die Kommissarin. Sie war sicher, dass sie sich auf die Frau von der Rezeption verlassen konnte. Durch die Polizeiarbeit hatte Mona gelernt, ihre Mitmenschen einzuschätzen. Sie irrte sich eher selten.

Natürlich kam es auch vor, dass sie an einen Meister der Verstellung geriet. Aber damit musste man rechnen.

Sie fuhr mit dem Fahrrad nach Hause, um sich aufzubrezeln. Wenn Mona Schallers Interesse erwecken wollte, konnte sie ihm nicht gut in Rollkragenpullover und Jeans gegenübertreten. Sie veranstaltete eine kleine Modenschau vor ihrem großen Schlafzimmerspiegel. Schließlich entschied sich Mona für ein geblümtes helles Sommerkleid, das knapp über den Knien endete. Damit sah sie weder nuttig noch spießig aus, jedenfalls hoffte sie das. Ihre Beine waren zwar nicht besonders lang, aber dafür ebenmäßig gebräunt. Es zahlte sich aus, dass sie bei ihrem täglichen Lauftraining in der warmen Jahreszeit eine kurze Hose trug. Nachdem Mona noch dezentes Make-up aufgelegt hatte, war ihr Styling beendet.

Einen Moment lang kämpfte sie mit sich, ob sie Enno wirklich kontaktieren sollte. Aber dann entschied sie sich dafür. Mona würde in Teufels Küche kommen, wenn bei dem Undercover-Einsatz etwas schiefging und sie mutwillig auf ihre Rückendeckung verzichtet hatte.

„Ich bin so weit, wir treffen uns in einer halben Stunde beim Walfisch."

„Ein Wal ist aber kein Fisch, Mona."

„Und du bist ein *Klookschieter*. – Also, bis später."

Mona beendete grinsend das Gespräch und schwang sich wieder auf ihr Fahrrad. Das Kunstwerk, das sie fälschlicherweise als Walfisch bezeichnet hatte, befand sich an der Jann-Berghaus-Straße unweit der Knappschaftsklinik. Es sollte an die Vergangenheit der Insel erinnern, als zahlreiche Borkumer auf Walfängern im Nordmeer angeheuert hatten, wo viele von ihnen den Seemannstod fanden.

Enno war natürlich pünktlich. Er saß auf einer Bank unweit des Walfischs und las in einem der Ostfriesenkrimis, die seine Frau geschrieben hatte.

„Deine Tarnung als Kurgast ist perfekt, Enno. Du hättest allerdings noch weiße Tennissocken und Sandalen anziehen können."

„Niemand ist perfekt, Mona. Dafür siehst du aus wie ein abenteuerlustiges Landei. Und wo willst du jetzt den Verdächtigen aufreißen?"

„Ich fange mal in *Leo's Restaurant* an. Folge mir unauffällig, mein Lieber."

Während Mona die Steinstufen zur Promenade hinunterstieg, warf sie noch einen Blick auf ihr Äußeres. Eigentlich fand sie nicht, dass sie wie ein Bauerntrampel wirkte. Inzwischen hatte sie sich an Ennos Humor gewöhnt.

Vielmehr beschäftigte Mona die Frage, weshalb sich Schaller immer noch auf Borkum befand. Wurde noch ein weiteres Verbrechen geplant? Dass der Verdächtige von Lohmanns Tod noch nichts mitbekommen hatte, konnte man jedenfalls ausschließen. In den Medien war von dem „bedauerlichen Unglücksfall" die Rede gewesen, dem ein gewisser „Hardy L." beim Halbmarathon erlegen war. Als die Pressemitteilung verfasst wurde, hatte das Obduktionsergebnis noch nicht vorgelegen. Ob Schaller auf die 100.000 Euro scharf war? Falls das so sein sollte, konnte er lange suchen. Das Geld befand sich inzwischen in der Asservatenkammer auf dem Festland.

In diesen ersten Septembertagen war es noch warm genug, dass die Gäste auf der Terrasse von *Leo's Restaurant* sitzen konnten. Die untergehende Sonne tauchte den Horizont über der See in goldfarbenes Licht, durchzogen von violetten Schleierwolken. Mona ließ ihren Blick über die Menschen schweifen, konnte aber Schaller nirgendwo entdecken.

Konnte sie überhaupt davon ausgehen, dass er sich für sie interessieren würde? Vielleicht war Schaller ja mit Annette Heuer zusammen und würdigte andere Frauen keines Blickes. Und war Lohmanns Geliebte nicht ohnehin viel attraktiver als sie, Mona, selbst? Als ihre Überlegungen an diesem Punkt angelangt waren, zog sie die Notbremse. Jetzt war nicht der richtige Zeitpunkt für Selbstzweifel. Außerdem gab es nur wenige Männer, die sich mit Händen und Füßen gegen einen Flirt wehrten. Das war jedenfalls Monas Erfahrung. Sie checkte auch noch die Innenräume, besonders die Cocktailbar. Dann wandte sie sich ab und schlenderte auf den nächsten Gastro-Betrieb zu.

Mona musste sich nicht vergewissern, dass Enno ihr folgte. Sie konnte seine Nähe förmlich spüren, auch wenn er sich im Hintergrund hielt. Und das war ein gutes Gefühl. Im nächsten Moment beschleunigte sich Monas Puls, denn sie erblickte Schaller auf der *Matrix-Bar*-Terrasse. Dort waren alle übrigen Tische durch Pärchen oder Kleingruppen besetzt, nur der Verdächtige hatte den Tisch für sich allein. Diese Chance durfte sich Mona nicht entgehen lassen. Sie sagte sich, dass manchmal eben auch Kriminalisten Glück haben. Lächelnd trat sie näher.

„Guten Abend. Darf ich mich zu Ihnen setzen?“

Schaller blickte auf, er hatte sich gerade mit seinem Smartphone beschäftigt. Er sah wirklich nicht schlecht aus, schlank und durchtrainiert. Sein kantiges Kinn drückte Willensstärke aus, die rehbraunen Augen schauten die Kommissarin interessiert an.

„Ja, warum nicht? Willst du auch den Sonnenuntergang genießen?“

Schaller duzte sie sofort, was Mona einerseits frech, andererseits aber auch ermutigend fand. Sie wusste dank des Facebook-Profils, dass er ungefähr im gleichen Alter war wie sie selbst. Die Kommissarin nahm ihm gegenüber Platz und schlug die Beine übereinander.

„Danke. Ja, den Sonnenuntergang will ich mir nicht entgehen lassen. Und meine Kehle ist auch ziemlich ausgetrocknet. Ich bin übrigens die Mona."

Schaller verstand den Wink mit dem Zaunpfahl. Er gab dem Kellner ein Zeichen.

„Darf ich dich zu einem Drink einladen?"

Mona zierte sich nicht lange und bestellte ein Glas Prosecco. Schaller trank Whisky on the Rocks. Eigentlich war sie ja im Dienst, aber ein Mineralwasser oder eine Cola hätte nicht zu ihrer Rolle als lebenslustige Touristin gepasst. Sie prostete ihm zu.

„Auf einen schönen Abend, spendabler Fremder."

Schaller lachte leise, wobei er seine weißen Zähne zeigte.

„Ich heiße Sven. Wie lange bist du schon auf Borkum, Mona?"

„Es kommt mir so vor, als ob es schon eine halbe Ewigkeit wäre. Es ist gar nicht so leicht, hier Leute kennenzulernen."

Mona lächelte ihn an, wobei sie sich gleichzeitig fragte, ob sie nicht zu dick auftrug. Aber Schaller schien angebissen zu haben.

„Ehrlich, Mona? Ich kann mir gar nicht vorstellen, dass du kontaktscheu bist. Und so, wie du aussiehst, musst du dich auch nicht im Kohlenkeller verstecken."

Schleimer!, dachte die Kommissarin. Sie sagte: „Das ist nett von dir. Was hat dich eigentlich nach Borkum verschlagen? Du willst mir doch hoffentlich nicht erzählen, dass du eine Kur nötig hast."

Schaller lachte.

„Nein, nicht wirklich. Ich kenne hier niemanden, bin zum ersten Mal auf der Insel. Und dann fand hier dieser Meilenlauf statt, da herrschte ja völliger Ausnahmezustand."

Und schon hatte Mona die erste Lüge registriert. Sie konnte sich nicht vorstellen, dass Schaller von Annette Heuers Anwesenheit nichts gewusst hatte.

„Ich bin auch bei dem Halbmarathon mitgelaufen, aber da hat es einen Todesfall gegeben."

„Echt? Davon habe ich gar nichts gehört. Ich war schwimmen, als das Rennen stattfand. Und im Wasser kriegt man natürlich nicht mit, was an Land passiert. Wenn ich Nachrichten hören würde, hätte ich vielleicht später davon erfahren. Aber das habe ich mir schon vor Jahren abgewöhnt."

Schaller log bereits zum zweiten Mal. Das konnte Mona natürlich nicht beweisen, aber sie war sich ihrer Sache sehr sicher. Er erzählte zu viel, obwohl sie ihn gar nicht nach einem Alibi gefragt hatte.

„Ist ja auch nicht so wichtig", meinte sie und wechselte schnell das Thema, um ihn nicht misstrauisch zu machen. „Kommst du eigentlich aus Hamburg, Sven? Du hast so einen leichten Akzent."

„Ich wurde nicht an der Elbe geboren, aber ich arbeite dort schon seit Jahren in der IT-Branche."

Wenn Männer über ihren Job sprachen, wurden sie meist sehr redselig. Diese Erfahrung hatte Mona gemacht. Sie war nun sehr optimistisch, Schaller unauffällig aushorchen zu können.

Doch plötzlich ertönte eine nur allzu vertraute Stimme.

„So verbringen Sie also Ihren Feierabend, Frau Kommissarin!"

Mona zuckte zusammen. Keno hatte sich ihr von hinten genähert, daher bemerkte sie ihn erst jetzt. Ihr Ex-Freund stand breitbeinig neben dem Tisch, an dem sie mit Schaller saß. Er hatte die Fäuste in die Hüften gestemmt und schien wild entschlossen, eine Szene zu machen. Einige Leute an den Nebentischen reckten bereits neugierig die Hälse. Als

Nächstes würden sie vermutlich anfangen, mit ihren Smartphones zu filmen, dachte Mona grimmig.

„Wer ist der Typ?“, fragte Schaller betont lässig. Keno richtete seinen Zeigefinger wie eine Waffe auf ihn.

„Du hältst die Klappe, kapiert? Mona ist meine Freundin, also lass sie gefälligst in Ruhe.“

Mona wäre am liebsten im Erdboden versunken. Schaller ging auf Keno gar nicht ein, stattdessen sprach er sie an.

„Du bist Polizistin? Wieso hast du das nicht gesagt?“

„Ich habe jetzt Feierabend“, erklärte Mona mit erzwungener Ruhe. „Und du hast mich noch nicht nach meinem Job gefragt. Ich hätte es dir schon noch gesagt, wenn nicht mein Ex-Freund …“ – sie betonte das Wort ganz besonders – „… dazwischengefunkt hätte.“

„Ich liebe dich immer noch, Mona“, sagte Keno mit einer Vehemenz, die man entweder für rührend oder für naiv halten konnte. Schaller stand jedenfalls auf und legte Geld für die Getränke auf den Tisch.

„Dann will ich das junge Glück nicht länger stören“, sagte er ironisch. Im Gehen wandte er sich an Keno: „Entspann dich, okay? Ich stehe nicht auf *rotblonde Polizistinnen.*“

Schaller machte sich aus dem Staub, ohne sich noch einmal umzudrehen. Keno grinste triumphierend.

„Den sind wir los!“

Mona war den Tränen nah.

„Du Hornochse hast gerade meine verdeckte Ermittlung zerbombt!“, wütete sie. Nun erschien endlich Enno auf der Bildfläche.

„Hallo, Keno. – Das ist ja nun nicht ganz nach Plan gelaufen, oder?“

„Lange nicht gesehen, Enno.“ Nun schien Monas Ex endlich zu kapieren. „Du wolltest … du hast …der Typ ist ein Verbrecher?“

„Mann, bist du clever!“, höhnte Mona. „Wie konnte ich mich von so einer Intelligenzbestie nur jemals trennen? Ernsthaft, Keno: Geh mir aus den Augen. Du hast für heute Abend schon genug kaputtgemacht.“

Monas Ex öffnete noch einmal den Mund. Aber Enno warf ihm einen warnenden Blick zu. Daraufhin machte Keno eine resignierende Geste und trollte sich wie ein geprügelter Hund.

Mona und Enno gingen in die andere Richtung.

„Ich habe Keno zu spät bemerkt, sonst hätte ich ihn abgefangen.“

„Schon gut, es ist nicht deine Schuld, Enno. Dank diesem Unglücksraben ist Schaller jetzt gewarnt. Ich wette, dass er in den Mord verwickelt ist.“

„Nur nachweisen können wir ihm nichts. Dass seine Telefonnummer im Smartphone unserer Hauptverdächtigen steht, ist ja kein Verbrechen.“

Das wusste Mona natürlich auch. Wenn Schaller die Mini-Kamera bedient hatte, dann konnte er jetzt in aller Seelenruhe die Steuerungs-App löschen. Und sich außerdem eine plausible Geschichte ausdenken, weshalb er zeitgleich mit Annette Heuer auf Borkum war.

„Lass uns doch Schaller morgen als Zeugen vorladen“, meinte Enno. „Vielleicht verwickelt er sich in Widersprüche oder gibt uns unabsichtlich einen Hinweis auf die Hintergründe des Mordes.“

„Er lebt jedenfalls auch in Hamburg, so viel habe ich immerhin schon herausbekommen“, seufzte Mona. „Wir können auch die Kollegen in der Hansestadt nach ihm fragen, womöglich ist er kein unbeschriebenes Blatt.“

„Das muss aber auf jeden Fall bis morgen warten. Oltbeck wird sowieso meckern, weil wir sinnlos Überstunden angehäuft haben.“

„Streu ruhig noch Salz in meine Wunden“, grollte die Kommissarin. „Ich werde ein ernstes Wort mit Keno reden. Ich fürchte nur, dass es nicht viel nützen wird. Na ja, schlimmer kann es mit unserer Ermittlung wohl kaum noch kommen.“

Kapitel 8

Als Mona nach einer unruhigen Nacht voller Alpträume schlechtgelaunt die Polizeiwache betrat, war Enno schon da. Und ein Blick auf sein sonnengebräuntes Gesicht sagte ihr, dass sich etwas Unangenehmes ereignet haben musste.

„Moin! Wie lautet die nächste Hiobsbotschaft, Partner?“

„Annette Heuer wurde bei ihrem Haftprüfungstermin auf freien Fuß gesetzt. Der Richter konnte keine zwingenden Haftgründe erkennen. Allerdings darf sie Deutschland vorerst nicht verlassen.“

„Da bin ich aber erleichtert!“, höhnte Mona. „Und wie beruhigend, dass sich die Mörderin zwischen Flensburg und Passau frei bewegen darf. Da ist es ja ein Kinderspiel, sie wieder einzufangen.“

„Noch wissen wir ja nicht, ob diese Frau ihren Geliebten wirklich auf dem Gewissen hat“, gab Enno zu bedenken. Aber Mona war momentan so aufgebracht, dass sachliche Argumente nicht zu ihr durchdringen konnten.

Der Oberkommissar sprach einstweilen nicht weiter, sondern goss für Mona eine Tasse Tee ein. Seine Bärenruhe wirkte auf die temperamentvolle Kommissarin meist ansteckend. Das war einer der vielen Gründe, warum sie die Zusammenarbeit mit dem älteren erfahrenen Beamten so schätzte.

Mona ließ sich auf ihren Schreibtischstuhl plumpsen, trank brav ein paar Schlucke des ostfriesischen Lebenselixiers und wartete darauf, dass ihr heißes Blut abkühlte.

„Entschuldige bitte meinen Ausbruch, Enno“, brachte sie schließlich hervor. Ihr Dienstpartner machte eine wegwerfende Handbewegung.

„Schon vergessen. Ich war ja selbst nicht begeistert, als mich die Kollegen anriefen. Aber objektiv betrachtet würde eine Anklage gegen Annette Heuer auf tönernen Füßen stehen. Gewiss, sie hätte das Gift in Lohmanns Powershake tun können. Aber dazu wäre auch jeder andere in der Lage gewesen. Wenn Lohmann den Shake morgens noch einmal ‚aufgemixt' hat, wird er auch die Tabletten nicht bemerkt haben. Es ist kein Problem, unbemerkt in das Ferienhaus zu gelangen. Du hast doch die Türen und Fenster gesehen, Mona. Sogar deine Oma könnte dort einbrechen."

„Und die Spuren wurden perfekt beseitigt, Enno. Der Glasaufsatz vom Mixer und das Trinkgefäß waren mit der Geschirrspülmaschine gereinigt worden, da ließen sich keine Rückstände mehr nachweisen."

Der Oberkommissar nickte.

„Das stimmt, aber auf den Armaturen hat die Spurensicherung nur Lohmanns Fingerabdrücke nachweisen können. Annette Heuer wirkt auf mich nicht gerade wie eine perfekte Hausfrau, ehrlich gesagt. Wahrscheinlich hat sie noch gepennt, als ihr Liebhaber sich morgens auf den Lauf vorbereitet hat. Er mixt sich seinen Shake. Wahrscheinlich tat Lohmann die Zutaten schon am Vorabend in den Mixer, damit die tiefgefrorenen Beeren auftauen. Der Mörder konnte die Tabletten unter dem Obst verstecken. . Als er ausgetrunken hat, packt Lohmann das Glas und den Aufsatz in den Geschirrspüler und stellt ihn an. Dann verlässt er das Haus, um niemals wiederzukehren."

Mona runzelte die Stirn.

„Ja, so muss es gewesen sein. Annette Heuer ist für mich trotzdem kein Unschuldsengel. Sie hängt in dem Mordkomplott mit drin, schätze ich. Wir können ihr eben nur noch nichts nachweisen. Aber wegen des Drogenbesitzes wird sie doch hoffentlich angeklagt?"

Enno nickte.

„Ja, aber wir konnten bei ihr ja nur ein paar Stück von der Partydroge sicherstellen. Deshalb lässt kein Richter sie einsperren. Wenn der Besitz solcher geringer Mengen ein

Haftgrund wäre, bräuchten wir zehnmal so viele Gefängnisse."

„Wo du recht hast, hast du recht." Mona trank ihren Tee aus. „Konntest du schon mit dem Chef sprechen?"

„Ja, Oltbeck will heute zu einer Konferenz aufs Festland. Wir müssen also nicht noch einmal vor ihm zu Kreuze kriechen, jedenfalls nicht vor dem morgigen Tag. Unsere fehlgeschlagene Undercover-Aktion liegt ihm im Magen, hauptsächlich wegen der Überstunden."

„Wenn wir den Täter erst verhaftet haben, wird dieser Ärger schnell vergessen sein. Hast du schon was wegen Schaller unternommen?"

Enno nickte.

„Grietje und Hinderk sind losgefahren, um ihn zur Zeugenbefragung abzuholen. – Ah, da sind sie ja schon."

Mona drehte ihren Kopf Richtung Eingang. Die beiden uniformierten Kollegen hatten Sven Schaller in die Mitte genommen. Mona musste sich eingestehen, dass er noch besser aussah als am Vorabend. Über seinem Polohemd trug er eine teure Kaschmir-Strickjacke, außerdem war er mit einer Designer-Jeans bekleidet.

„Das ist also die Polizeiwache", stellte Schaller mit einem Rundblick fest. „Klein und drollig, wie alles auf Borkum. Es muss amüsant sein, hier Verbrecherjagd zu spielen."

Mona kapierte sofort, dass Schaller sie provozieren wollte. Er musste am Vorabend gemerkt haben, dass sie ihre Gefühle nicht immer unter Kontrolle hatte. Sie durfte ihm auf keinen Fall auf den Leim gehen. Aber zum Glück war ja jetzt Enno an ihrer Seite.

„Folgen Sie mir bitte, Herr Schaller", sagte Mona und ging zum Verhörraum. Der Verdächtige und ihr Kollege folgten ihr. Nachdem alle Platz genommen hatten, stellte Mona Enno und sich offiziell vor. Dann kam sie sofort zur Sache.

„Wir befragen Sie als Zeugen im Zusammenhang mit der Ermordung von Hardy Lohmann. Ich möchte Ihnen schon jetzt dafür danken, dass Sie sich für uns Zeit genommen haben.“

Schaller lachte.

„Im Kleid haben Sie mir besser gefallen als in Ihrem momentanen Casual-Outfit, Frau Kommissarin. Und mir blieb ja nichts anderes übrig als Ihre Kollegen zu begleiten. Ich wurde von den Polizisten aus dem Frühstücksraum meines Hotels abgeführt wie ein Schwerverbrecher. Von was für einem Mord sprechen Sie eigentlich? Ich weiß nur, dass es bei dem Halbmarathon einen bedauerlichen Todesfall gegeben haben soll.“

Mona zeigte Schaller ein Foto von Hardy Lohmann. Sie hatte es sich von der Lohmann-Solutions-Homepage heruntergeladen.

„Kennen Sie diesen Mann?“

„Nein, wer ist das?“

„Hardy Lohmann. Er wurde vergiftet. Und er ist gleichzeitig der Geliebte Ihrer Bekannten Annette Heuer.“

„Ah, jetzt verstehe ich endlich, weshalb Sie sich für mich interessieren. Und ich dachte schon, ich würde Ihnen gefallen.“

Schaller zwinkerte ironisch und schaute Mona tief in die Augen.

„Lassen Sie den Unsinn, Schaller. Wollen Sie uns erzählen, dass Sie sich rein zufällig zeitgleich mit dem Mordopfer und Ihrer Bekannten hier aufhalten?“

„Ja, genauso ist es. Wie ich höre, kommen jedes Jahr Massen von Besuchern auf die größte der ostfriesischen Inseln. Ich hatte mich mit Annette nicht abgesprochen.“

„Die Einzelverbindungsnachweise vom Smartphone der Verdächtigen sind bereits angefordert“, warf Enno ein. „Es ist nur eine Frage der Zeit, bis wir Ihnen beweisen können, dass Sie vor dem Mord Kontakt zu Annette Heuer hatten. So war es doch, oder?“

„Ja, Herr Oberkommissar. Aber worüber Annette und ich gesprochen haben, ist unsere Privatsache. Es ging jedenfalls nicht um diesen Lohmann, das kann ich Ihnen versichern. Ich wusste, dass sie mit einem alten Knacker liiert war. Aber ich habe mich nicht weiter dafür interessiert.“

„Wirklich nicht?“, hakte Mona nach. „Hardy Lohmann hatte ein IT-Unternehmen. Und Sie arbeiten doch auch in der Branche. Jedenfalls haben Sie mir das gestern erzählt.“

„Ja, bei unserem missglückten Date, wenn man das so nennen will. Ich muss mich über Ihr Beuteschema wundern, Frau Kommissarin. Dieser Keno ist doch wirklich nicht Ihre Kragenweite.“

Bevor sich Mona aufregen konnte, griff Enno ein.

„Beantworten Sie bitte die Frage meiner Kollegin, Herr Schaller. Kannten Sie nun Lohmann oder nicht?“

„Nein, ich kannte ihn nicht, Herr Oberkommissar. Softwareentwickler sind oftmals hochspezialisiert. Wenn jemand beispielsweise mit Abrechnungsmodellen für Arztpraxen zu tun hat, gibt es keine Überschneidungen mit Spezialisten für bankinternen Datentransfer.“

„Dann wussten Sie also auch nicht, was für ein Geschäftsmodell Hardy Lohmann hatte?“

Mona betonte das Wort „Geschäftsmodell“ ganz besonders. Sie war fest davon überzeugt, dass Schaller sie verschaukeln wollte. Er schüttelte den Kopf.

„Nein, ich hatte mit diesem Mann nichts zu schaffen.“

Mona schaute in ihr Notizbuch, bevor sie die nächste Frage stellte.

„Sagt Ihnen der Name Turgew etwas?“

Ihr Gegenüber wirkte überrascht.

„Nein, wer soll das sein? Ein weiterer betagter Verehrer von Annette?“

Mona ging nicht auf den Spruch ein.

„Dieser Mann ist in der Hamburger Unterwelt ziemlich bekannt, aber eine Verbindung zu Frau Heuer sehe ich noch nicht. Apropos: Wie würden Sie Ihr eigenes Verhältnis zu Annette Heuer beschreiben?“

Schaller grinste frech.

„Wir sind nur gute Freunde, mehr nicht. Ich bin also noch zu haben.“

Mona ärgerte sich schwarz über die Unverschämtheit dieses Kerls. Der Name dieses Inkasso-Russen schien Schaller wirklich nichts zu sagen, aber das musste nichts zu bedeuten haben. Noch blickte sie beim Beziehungsgeflecht des Mordopfers absolut nicht durch.

„Wir danken Ihnen für Ihre Kooperationsbereitschaft, Herr Schaller“, sagte Enno abschließend im besten Beamtendeutsch. Der Verdächtige erhob sich.

„Es war mir ein Vergnügen, Ihnen bei der Aufklärung dieses abscheulichen Verbrechens helfen zu können. Sie dürfen mich gern jederzeit erneut kontaktieren. Auch mitten in der Nacht.“

Beim letzten Satz schaute er Mona an.

„Tschüss“, gab sie norddeutsch-knapp zurück.

Als Schaller die Inselwache verlassen hatte, zogen Mona und Enno eine Zwischenbilanz.

„Was hältst du von dem Knaben, Enno?“

Der Oberkommissar lächelte versonnen.

„Ich bin sicher, dass Schaller seine Hybris noch zum Verhängnis werden wird.“

Mona runzelte die Stirn.

„Hybris? Klär mich auf, mein Kreuzworträtselwissen ist gerade etwas eingerostet.“

„Unter Hybris versteht man extreme Selbstüberschätzung oder Hochmut. Schaller fühlt sich stark. Womöglich ist er der Kopf eines Mörderduos, und Annette Heuer ist nur die ausführende Kraft gewesen."

„Also glaubst du doch, dass sie mit Lohmanns Tod etwas zu tun hat!"

„Warum nicht, Mona? Das Gericht ist nur der Meinung, dass es nicht genügend Haftgründe gibt. Aber das ist noch lange kein Beweis für die Unschuld der Geliebten."

Mona lehnte sich in ihrem Stuhl zurück.

„Weißt du, was mich an diesem Fall am meisten stört? Ich weiß nicht, wie wir ohne ein Geständnis des Täters den Mord nachweisen sollen. Wenn der Killer nicht völlig bescheuert ist, wird er das restliche Gift längst entsorgt haben. Und es gab anscheinend mehr als genug Menschen, die Lohmann gehasst haben. So viel zur Motivlage."

„Ja, das wird nicht einfach. Wir sollten uns in der Grönlandstrate umhören. Vielleicht hat ja jemand beispielsweise Schaller um das Haus herumschleichen sehen. Oder er traf sich hinter Lohmanns Rücken mit Annette. Wenn das so wäre, könnten wir schon mal die Glaubwürdigkeit dieses IT-Heinis entkräften."

Mona sprang auf.

„Das ist eine gute Idee, worauf warten wir noch?"

„Ich wollte im Hamburger Präsidium anrufen, um mich dort nach Schaller zu erkundigen."

„In Ordnung, dann gehe ich allein. Oltbeck macht uns morgen die Hölle heiß, wenn wir heute mit dem Fall nicht weitergekommen sind."

Enno nickte und griff zum Telefonhörer. Mona nahm ihre Windjacke und verließ die Polizeistation. Draußen konnte sie die wärmende Kraft der Sonne immer noch auf ihrem Gesicht spüren, aber der salzige Seewind wehte stärker als am Vortag. Der Herbst stand bereits in den Startlöchern.

Mona rief mit ihrem Smartphone Thea Görde an. So hieß die Besitzerin des Ferienhauses. Sie wohnte allerdings selbst nicht in der Grönlandstrate, sondern am Upholmdeich. Frau Görde hatte Zeit für Mona, allerdings erst in einer Stunde. Das passte der Kommissarin gut. Sie hatte sich ohnehin erst in der Nachbarschaft des Ferienhauses umhören wollen.

Als Mona ihr Fahrrad in der Grönlandstrate vor dem Ferienhaus anschloss, vernahm sie plötzlich Stimmen aus dem Garten. Sie kniff die Augen zusammen. Hatte sie sich getäuscht? Die Rotklinker-Friesenhäuser links und rechts von dem Ferienhaus waren ebenfalls an Urlauber vermietet. Waren es andere Gäste gewesen, deren Wortfetzen an ihr Ohr gedrungen waren?

Nein, ein Irrtum war ausgeschlossen. Monas Pulsschlag beschleunigte sich. Einen Moment lang dachte sie daran, Verstärkung anzufordern. Aber dann kam sie sich selbst albern vor. Außerdem hatte sie momentan das Überraschungsmoment auf ihrer Seite. Mona zog ihre Pistole, brachte sie allerdings noch nicht in den Anschlag. Sie schlich an den Heckenrosen vorbei über den schmalen Kiesweg, der an der Schmalseite des Hauses zum Garten führte. Ein schrilles Frauenlachen ertönte.

Mona erblickte Teakholz-Sessel und einen Tisch, an dem zwei Personen saßen und Kaffee tranken. Ihr blieb vor Erstaunen der Mund offen stehen.

Denn sie hatte Annette Heuer und ihren Ex-Freund vor sich!

Nun wurde sie von den beiden ebenfalls bemerkt. Keno sprach sie stirnrunzelnd an.

„Was soll das, Mona? Willst du mich jetzt erschießen?“

„Ihr kennt euch?“, fragte Annette Heuer mit einer Unschuldsmiene, die jeder Klosternovizin alle Ehre gemacht hätte. Mona spürte, dass sie rot wurde – teils aus Verlegenheit, teils aus Ärger. Schnell schob sie ihre Dienstwaffe ins Holster zurück.

„Sie konnten wohl gar nicht schnell genug an den Tatort zurückkehren, Frau Heuer."

„Und wieso auch nicht, Frau Kommissarin?", lautete die patzige Antwort. „Ich wurde schließlich von Ihren Kollegen aus der Untersuchungshaft entlassen. Und die Miete für das Haus ist von Hardy noch für die nächsten zwei Wochen bezahlt worden. Ich habe mich extra erkundigt, ob ich hier wieder einziehen darf. Aber die kriminaltechnische Untersuchung ist abgeschlossen und die Polizei hat das Gebäude wieder freigegeben."

Das stimmte natürlich, aber dadurch verbesserte sich Monas Laune auch nicht. Sie kam immer noch nicht darüber hinweg, dass ihr Ex mit der Hauptverdächtigen in aller Seelenruhe Kaffee trank. Kenos Blick ruhte auf ihr. Er schien es zu genießen, dass Mona so durcheinander war. Konnte man ihr ihre Verwirrung wirklich an der Nasenspitze ansehen? Offenbar ja.

Es dauerte jedenfalls einen Moment, bis sie eine vernünftige Frage stellen konnte.

„Und – woher kennt ihr euch?"

„Es geht dich zwar nichts an, aber da war der Zufall im Spiel", sagte Keno. „Ich hatte heute Morgen in meiner Pension gerade gefrühstückt und wollte zum Strand hinunter, als Annette mich ansprach. Sie wusste nicht, wo man auf Borkum einen Geldautomaten findet. Ich habe ihr den Weg zur Volksbank an der Franz-Habich-Straße gezeigt. Wir kamen ins Gespräch und fanden einander so sympathisch, dass sie mich spontan zum Kaffee eingeladen hat."

„Wer kann dazu schon Nein sagen!", höhnte Mona. „Und Sie, Frau Heuer? Mussten Sie jetzt Geld abheben, weil Ihr Sugardaddy nicht mehr unter den Lebenden weilt? Suchen Sie sich gerade einen neuen Verehrer? Da muss ich Sie enttäuschen, bei Keno ist garantiert nichts zu holen. Ich muss es wissen, er ist mein Ex."

„Jetzt klingen Sie aber wirklich sehr eifersüchtig, Frau Kommissarin", sagte Annette Heuer. „Sind Sie sicher, dass Sie für Keno nichts mehr empfinden? Ich könnte Sie schon verstehen. Er hat so eine Art an sich, die einer Frau gefährlich werden kann."

Mit diesen Worten warf sie Keno einen vielversprechenden Blick zu. Mona hatte ganz gewiss nicht vor, mit dieser Frau über ihre Gefühle zu reden. Am besten war es, wenn sie so schnell wie möglich verschwand. Hier konnte sie jetzt sowieso nichts mehr ausrichten.

Plötzlich ergriff die Geliebte des Ermordeten wieder das Wort.

Was ist eigentlich mit meinem Smartphone, Frau Sander? Wie lange will die Polizei es noch behalten?"

„Bis die Ermittlungen abgeschlossen sind", erwiderte die Kommissarin mit mühsam unterdrückter Wut. Nun musste auch noch Keno seinen Senf dazugeben.

„Und das kann dauern, auf Borkum geht alles seinen gemächlichen Gang."

Mona hätte ihm am liebsten die Augen ausgekratzt. Sie wandte sich zum Gehen, bevor sie noch einen schwerwiegenden Fehler beging.

„Wir behalten Sie im Auge, Frau Heuer", sagte Mona zum Abschied und versuchte, möglichst bedrohlich zu klingen. Sie war nicht sicher, ob ihr das gelang. Die Kommissarin befürchtete, dass sie sich soeben bis auf die Knochen blamiert hatte. Aber wie hätte sie denn auch ahnen können, dass die Hauptverdächtige auf die Insel zurückkehren würde. Und dann auch noch mit ihrem verflixten Ex im Schlepptau!

Keno.

Es passte Mona gar nicht, dass er und Annette Heuer nun ein Herz und eine Seele zu sein schienen. Diese falsche Schlange hatte sich gewiss nicht ohne Grund Monas Ex an den Hals geworfen. Annette Heuer wollte die Ermittlungen torpedieren, das stand für die Kommissarin fest. Die Frage war nur, inwieweit Keno ihr dabei behilflich sein konnte.

Indirekt hatte Annette Heuer den Mordverdacht bestätigt. Sie verhielt sich nicht gerade wie eine zu Unrecht Angeklagte. Das war jedenfalls Monas Überzeugung. Entschlossen klingelte sie bei dem benachbarten Ferienhaus.

Eine korpulente Frau mit Sonnenbrand auf der Nase öffnete und schaute Mona neugierig an. Die Kommissarin präsentierte ihren Dienstausweis.

„Moin, ich bin von der Polizei Borkum. Sie sind Frau …?“

„Veronika Eberle. Worum geht’s denn?“

Die Urlauberin sprach mit einem süddeutschen Akzent, den Mona nicht näher verorten konnte. Sie nannte ihren eigenen Namen und zeigte Frau Eberle ein Foto von Sven Schaller. Mona hatte es von dessen Facebook-Seite runtergeladen.

„Haben Sie diesen Mann schon einmal gesehen, womöglich in der näheren Umgebung?“

„Ei, freilich! Das ist doch ein schmucker Bursche, gell? Wohnt der nicht im Haus nebenan?“

Monas Jagdfieber erwachte.

„Haben Sie ihn dort ein- und ausgehen sehen?“

„Na, das ist jetzt zu viel gesagt. Man möcht' ja auch nicht neugierig erscheinen. Klaus, kommst mal?“

Der ebenfalls rundliche und genauso hilfsbereite Ehemann von Veronika Eberle erschien. Auch er bestätigte, Schaller mindestens ein- oder zweimal in Begleitung von Annette Heuer gesehen zu haben. Das war genau die Art von Erfolgserlebnis, die Mona jetzt brauchte. Sie notierte sich die Personalien und die Heimatadresse der Feriengäste, da die Eberles noch in derselben Woche wieder abreisen wollten.

„Bitte kommen Sie heute oder morgen zur Polizeistation in der Strandstraße und geben Ihre Aussage schriftlich zu Protokoll“, sagte Mona. „Und bewahren Sie bitte Stillschweigen darüber, dass Sie diesen Mann hier gesehen haben.“

„Ist das ein Verbrecher? Ist er gefährlich?“, fragte Veronika Eberle. Ihr Gesichtsausdruck zeigte eine Mischung aus Neugierde und Furcht.

„Nicht für Sie“, gab Mona zurück und hoffte, dass sie überzeugend klang. Es war ein gutes Gefühl, eine von Schallers Lügen zerstört zu haben. Natürlich war es noch kein Schuldbeweis, aber immerhin ein Anfang. Womöglich hatte auch Enno in der Zwischenzeit Neuigkeiten von den Hamburger Kollegen erfahren.

Mona verabschiedete sich und ging zum nächsten Nachbarhaus. Aber bevor sie sich dort bemerkbar machen konnte, klingelte ihr Smartphone. Der Oberkommissar war am Apparat.

„Wo bist du gerade, Mona?“

Enno klang angespannt, und das wollte bei einem so gelassenen Menschen wie ihm etwas heißen.

„In der Grönlandstrate, wieso?“

„Ich sammle dich gleich ein. Wir fahren ins Ostland. Dort hat ein Spaziergänger einen Leichenfund gemeldet.“

Kapitel 9

Ein zweiter Toter innerhalb von so kurzer Zeit?

Mona fragte nicht nach, denn noch war die Lage völlig unklar. Genauso gut konnte das zweite Opfer auf natürliche Art ums Leben gekommen sein. Mona wusste, dass sinnlose Spekulationen überhaupt nichts brachten. Lange wurde ihre Geduld nicht auf die Probe gestellt, denn schon kurze Zeit später erschien der zivile Opel Vectra, der den Kriminalisten auf der Insel als Fortbewegungsmittel diente.

Mona ließ sich auf den Beifahrersitz fallen und Enno gab Gas. Auf Sirene und Blaulicht verzichtete er. Das wäre auch albern gewesen, denn der Verkehr in Richtung Osten war mehr als spärlich. Sie fuhren auf der Ostfriesenstraße, wo sie schon bald die Wohnbebauung hinter sich ließen. Man erblickte nur noch Dünen und Wiesen, abgesehen vom Gebäude des Dünenhotels und dem weiter hinten liegenden Gelände des Borkumer Flughafens.

„Der Melder wartet vor Ort", sagte Enno. „Du kennst ihn auch, es ist Klaas Manning."

„Der Vogelopa?"

Mona war dem rüstigen Rentner schon öfter begegnet. Er hatte sich vor einigen Jahren auf Borkum niedergelassen, um die artenreiche Vogelwelt beobachten zu können. Manning schlich zu den unmöglichsten Tageszeiten durch die Dünen, um seine gefiederten Freunde anzuschauen. Böse Zungen behaupteten, er würde sein Fernglas auch gern auf Liebespaare im hohen Gras richten. Aber da es nie zu einer Anzeige gekommen war, hatte die Polizei in dieser Angelegenheit auch nie tätig werden müssen.

„Genau der, Mona. Konntest du auch etwas erreichen?"

„Allerdings. Du kommst nie darauf, wen ich in der Grönlandstrate getroffen habe."

Die Kommissarin erzählte von ihrer unangenehmen Begegnung mit Annette Heuer und Keno. Dabei warf sie Enno einen Seitenblick zu.

„Was gibt es denn da zu grinsen?“

„Ich glaube, wir haben beide Annettes Intelligenz unterschätzt. Sie schlägt jetzt zurück, indem sie sich an Keno heranmacht.“

„Das habe ich auch schon gemerkt, stell dir vor! Allerdings frage ich mich, woher sie von der ehemaligen Beziehung zwischen mir und diesem Knallkopf weiß.“

„So schwer ist das nicht herauszufinden. Ich stelle mir vor, dass Annette sich schnell ein neues Handy besorgt hat, nachdem ihr Gerät von uns beschlagnahmt wurde. Sie ruft gestern Abend Schaller an, der ihr brühwarm von unserer missglückten Aktion im *Matrix* erzählt.“

„Erinnere mich nicht daran!“

„Daraufhin schlussfolgert Annette messerscharf, dass Keno deine Achillesferse ist. Sie kehrt mit der ersten Fähre nach Borkum zurück, kriegt irgendwie raus, wo dein Ex wohnt, und läuft ihm scheinbar zufällig über den Weg.“

„Erst Hybris, dann Achillesferse – hast du heute deinen Tag des klassischen Altertums? Wie auch immer, du hast recht, Enno. Allerdings täuscht Annette sich, wenn sie glaubt, mir auf dem Umweg über Keno schaden zu können. Er weiß absolut nichts über unsere aktuelle Ermittlung.“

„Dann ist es ja gut.“

Die Vorstellung, dass Keno irgendwelche Bettgeschichten von damals an die Mordverdächtige weitererzählen könnte, behagte ihr allerdings überhaupt nicht. Aber es gab nach Lage der Dinge absolut nichts, was sie dagegen hätte unternehmen können.

Mona griff zum Smartphone und rief die Ferienhausvermieterin an.

„Frau Görde? Hier spricht Kommissarin Sander. Ich wollte jetzt eigentlich zu Ihnen kommen, aber ich habe gerade einen dringenden dienstlichen Einsatz. Später geht es auch? Wunderbar, ich schaue auf jeden Fall noch heute bei Ihnen vorbei."

Als Mona das Telefonat beendet hatte, sprach Enno sie erneut an.

„Willst du gar nicht wissen, was ich bei den Hamburger Kollegen erfahren habe, Mona?"

„Doch, natürlich. Siehst du nicht, dass ich gespannt wie ein Flitzebogen bin?"

Der Oberkommissar lächelte.

„Schaller hat nicht gelogen, indem er sich als IT-Spezialist bezeichnete. Allerdings hat er dir gegenüber verschwiegen, dass er auch ein berüchtigter Hacker ist."

„Schaller – ein Hacker? Ich dachte immer, das wären solche bleichen Grottenolme mit Pickeln im Gesicht, die in Kellern hocken und nicht für echte Frauen, sondern für japanische Cartoon-Girls schwärmen."

„Ich glaube, da bist du auf ein Klischee hereingefallen. Jedenfalls wurde Schaller schon mehrfach wegen Datenmanipulationen angeklagt. Aber es ist ihm bisher immer gelungen, seinen Kopf aus der Schlinge zu ziehen. Die bisherigen Verfahren mussten alle aus Mangel an Beweisen eingestellt werden."

Mona kaute nachdenklich an ihrer Unterlippe.

„So ein Typ wäre doch der ideale Mitarbeiter für die zwielichtigen Geschäfte des verblichenen Lohmann. Bisher konnten wir nur davon ausgehen, dass sich Annette Heuer und der Hacker-Playboy kannten. Aber wenn Lohmann nun gleichzeitig auch noch Schallers Boss war? Womöglich hat sogar dieses blonde Biest die Verbindung hergestellt."

„Sicher, das wäre möglich. Allerdings wird wohl kein offizieller Arbeitsvertrag existieren."

Mona nickte.

„Für wen waren die 100.000 Euro bestimmt? Das ist für mich die entscheidende Frage. Entweder wollte sich Lohmann mit dem Geld aus dem Staub machen oder es war für eine andere Person gedacht, womöglich für Schaller. Doch bevor es zur Übergabe kommen konnte, musste Lohmann sterben.“

„Diese These sollten wir im Hinterkopf behalten. – Wir sind übrigens da. Klaas Manning wartet angeblich einen Kilometer nördlich von hier.“

Während ihres Wortwechsels hatten Enno und Mona die Fahrt fortgesetzt. Nun stellte der Oberkommissar den Dienstwagen beim Campingplatz Aggen ab. Die beiden Kriminalisten stiegen aus und stapften durch den Sand. Die landeinwärts liegenden Grau- oder Braundünen waren dicht mit unterschiedlicher Vegetation bewachsen, während auf den Sanddünen in Meeresnähe meist nur Strandhafer gedieh. Für den Vogelfreund Manning gab es jedenfalls im Naturschutzgebiet zwischen der Nordspitze und dem Großen Schloot definitiv mehr zu sehen.

Mona und Enno folgten einem Pfad zwischen den Dünen. Die Kommissarin deutete auf die Umgebung.

„Hier im Ostland war es auch während des Meilenlauf-Trubels garantiert menschenleer. Eine ideale Umgebung für ein Verbrechen. Wenn wirklich Zeugen aufgetaucht wären, hätte man sie rechtzeitig sehen können.“

„Noch steht ja überhaupt nicht fest, ob ein Verbrechen begangen wurde“, brummte Enno. „Da vorn ist übrigens Klaas.“

Nun hatte auch Mona den Vogelfan entdeckt, der eifrig winkte. Die beiden Polizisten traten näher. Klaas Mannings knochiger Schädel sah nach Monas Meinung so aus, als ob er von einem Holzschnitzer gefertigt worden wäre. Die tiefbraune Hautfärbung zeugte davon, dass der

Naturliebhaber den größten Teil seiner Zeit unter freiem Himmel verbrachte.

„Moin!“, rief Manning mit seiner krächzenden Stimme. „Gut, dass ihr so schnell kommen konntet! Ich hab' keine Ahnung, wie lange der arme Teufel schon hier liegt.“

Der Alte deutete auf eine Senke zu seinen Füßen. Darin befand sich ein männlicher Leichnam. Für diesen Mann kam jede Hilfe zu spät. Man musste kein Gerichtsmediziner sein, um das zu erkennen.

„Hast du den Toten bewegt, Klaas?“, fragte Enno. Der Vogelkundler nickte eifrig mit dem Kopf.

„Ja, ich musste doch nachsehen, ob er noch lebt. Aber da ist nichts mehr zu machen, nicht? Also habe ich gleich bei euch angerufen.“

„Gut gemacht“, murmelte Mona. In der Nähe des Leichnams konnte sie keine verwertbaren Spuren entdecken. Die Fußabdrücke stammten offensichtlich von Mannings Stiefeln. Wenn der Mörder eine Fährte hinterlassen hatte, war sie längst vom Wind verweht worden. Die Kommissarin stieg nun selbst in die Senke hinab, um den Toten näher in Augenschein zu nehmen. Mona kniete sich hin. Dann zog sie ihr Smartphone hervor und schaltete die Diktierfunktion ein.

„Der Leichenfundort befindet sich zu Füßen einer Braundüne, ungefähr drei Kilometer östlich des FKK-Strandes und einen Kilometer nördlich des Campingplatzes Aggen. Der Tote ist eine männliche Person, vermutlich zwischen 50 und 60 Jahre alt. Der Körper weist bereits Kirchhofrosen und Totenflecken auf …“

„Was sollen denn Kirchhofrosen sein?“, plapperte der Zeuge dazwischen.

„Halt die Klappe, Klaas“, brummte Enno. „Kirchhofrosen nennen wir die hellroten Verfärbungen der Haut hinter den Ohren und an den hinteren Wangenteilen. Das geschieht durch starkes Absenken des Blutdrucks. Die Totenflecken treten dann etwas später auf."

Mona schaltete ihr Smartphone wieder aus.

„Den genauen Todeszeitpunkt muss der Gerichtsmediziner klären", sagte sie. „Die Leiche hat offenbar mehrere Tage und Nächte draußen gelegen, die Kleidung ist feucht. Die Leichenstarre hat sich schon wieder gelöst, sonst hättest du den Toten nicht bewegen können. Ich will mich nicht zu weit aus dem Fenster lehnen, aber der Mann könnte erwürgt worden sein. Es sind eindeutig Hämatome am Hals zu sehen, die von den Fingern des Mörders stammen können."

„In was für Zeiten leben wir bloß!", jammerte Manning. Mona ging nicht darauf ein. Stattdessen fotografierte sie die Würgemale mit ihrem Smartphone. Enno telefonierte bereits, um den Toten bergen und zur Obduktion aufs Festland schaffen zu lassen. Mona bemerkte einen Ehering an der Hand des Leichnams. Sie zog sich Latexhandschuhe über und begann damit, seine Jackentaschen zu durchsuchen. Der Mann war mit einem Anorak und einer Freizeithose sowie einem hellbeigen Hemd bekleidet. Er war nach Monas Geschmack zu warm angezogen gewesen, aber vielleicht hatte er ja leicht gefroren.

Die Kommissarin zog eine Brieftasche aus dem Anorak.

„Bingo! Der Mörder hat sich keine Mühe gegeben, die Identität des Opfers zu verschleiern. Und um einen Raubmord kann es sich auch nicht gehandelt haben. Hier haben wir ein paar hundert Euro in bar, außerdem zwei Kreditkarten, eine Bankkarte – und den Personalausweis. Vor uns liegen die sterblichen Überreste von Dr. Tobias Konradi aus Hamburg."

„Ich werde gleich mal bei den Kollegen an der Elbe nachfragen, ob schon eine Vermisstenanzeige vorliegt", kündigte Enno an. „Die kennen mich inzwischen, weil ich da so oft anrufe."

Mona setzte ihre Suche fort. In der Hosentasche machte sie einen weiteren Fund.

„Enno, hier ist ein Ticket der AG Ems für die Überfahrt von Emden nach Borkum, mit Datumsstempel von vor vier Tagen. Eine Rückfahrkarte konnte ich nicht finden."

„Wir müssen bei der Kurverwaltung nachfragen, ob Dr. Konradi schon irgendwo ein Quartier bezogen hat", sagte Enno. Dann wandte er sich an den Zeugen.

„Erzähl uns doch mal, wie du die Leiche überhaupt gefunden hast, Klaas."

Der Alte nicke eifrig, bevor er das Wort ergriff.

„Ich hatte neulich einige Goldregenpfeifer und Sumpfohreulen hier in der Nähe entdeckt. Also machte ich mich wieder auf und habe die Gegend systematisch durchstreift. Da bemerkte ich einen großen grünen Fleck. Erst dachte ich, ein Frevler hätte hier Müll abgeladen. Aber im Näherkommen sah ich den grünen Anorak des Ärmsten."

„Ist der Mann dir schon zuvor begegnet?"

„Nein, Enno. Ich kenne ihn nicht. Aber bei den vielen Touristen auf der Insel muss das nichts zu bedeuten haben, vor allem nicht am Wochenende des Meilenlaufs."

„Sind dir auf deiner Beobachtungstour andere Personen begegnet? Oder kannst du dich an fremde Fahrzeuge erinnern, die am Campingplatz oder beim Dünenhotel geparkt gewesen waren?"

Der Hobby-Ornithologe zuckte mit den Schultern.

„Na ja, das Dünenhotel hat natürlich auch Gäste, die mit dem Auto anreisen. Da stehen also ständig Wagen von auswärts. Spaziergänger oder Wanderer sind mir nicht aufgefallen, Enno. Die Leute waren doch alle beim Meilenlauf."

„Davon kannst du ausgehen", erwiderte der Oberkommissar. Dann wandte er sich an Mona. „Die Leiche kann vermutlich noch heute aufs Festland gebracht werden."

Mona hatte die Brieftasche einstweilen an sich genommen. Sie sollte später kriminaltechnisch untersucht werden. Jetzt kam es darauf an, zunächst die Angehörigen zu benachrichtigen. Enno nickte dem Vogelkundler zu.

„Danke, Klaas. Du kannst dann später auf der Polizeistation deine schriftliche Aussage unterschreiben, in Ordnung?"

Der Alte nickte. Er schien enttäuscht zu sein, dass er fortgeschickt wurde. Aber dann machte er sich doch auf, um seinen gefiederten Freunden nachzujagen.

„Bevor ich nach Borkum kam, hätte ich eine Pfuhlschnepfe für ein fieses Luder gehalten", meinte Mona. „Erst hier musste ich lernen, dass man darunter einfach nur eine Vogelart versteht. – Und wie geht es jetzt bei uns weiter, Enno? Wir werden doch nicht hier herumstehen und auf die Kollegen vom Festland warten, oder?"

„Nein, das bringt nichts. Wache bei der Leiche zu halten, ist ein Job, den auch ein Anfänger machen kann." Der Oberkommissar griff zum Handy und forderte einen jungen uniformierten Kollegen an, der die Polizeischule erst vor Kurzem abgeschlossen hatte.

„Dirk kommt gleich", sagte Enno nach dem Telefonat zu Mona.

„Das wird dann Dirks erste Leiche im Dienstalltag sein."

„Wir können es ihm nicht ersparen, und für uns gibt es genug zu tun. Willst du jetzt mit Frau Görde sprechen?"

„Ja, das muss ich endlich tun. Und wie kommst du zurück, wenn ich den Wagen benutze?"

„Ich lasse mich von den Kollegen im Einsatzfahrzeug mitnehmen. Ich kann es auch übernehmen, die Ehefrau zu verständigen und im Präsidium Hamburg anzurufen."

„So machen wir es. Dann treffen wir uns später auf der Wache."

Mona stiefelte zu dem Opel Vectra zurück und lenkte das Auto zum Haus von Thea Görde. Der Name Dr. Konradi sagte ihr überhaupt nichts, aber sie hatte mit den Ermittlungen ja auch gerade erst begonnen. Ob der Mord eine spontane Tat gewesen war? Der Täter konnte auf jeden Fall schon über alle Berge sein. Wenn das Opfer vor einigen Tagen hatte sterben müssen, war für den Mörder mehr als genug Zeit gewesen, die Insel hinter sich zu lassen. Die Aussicht, einen ungeklärten Fall zu den Akten legen zu müssen, behagte Mona überhaupt nicht. Sie schimpfte innerlich mit sich selbst, weil sie so verzagt war. Die Kommissarin musste sich eingestehen, dass die Zweisamkeit von Annette Heuer und Keno immer noch an ihr nagte.

Dabei bedeutete dieser Vollpfosten ihr doch gar nichts! Oder?

Sie versuchte, sich auf die Befragung von Frau Görde zu konzentrieren. Die Vermieterin erwartete Mona bereits in ihrem schmucken Friesenhaus. Sie hatte Tee gekocht und Rosinenstuten bereitgestellt. So, als ob Mona eine Freundin wäre, die zum *Klönschnack* vorbeikam.

„Was kann ich denn für Sie tun, Frau Kommissarin?“ Thea Görde duzte Mona nicht sofort, wie es die alteingesessenen Borkumer bei Enno taten. Mona war eben eine Zugezogene. „Ist es nicht schrecklich, dass dieser nette Herr Lohmann sterben musste? Er hätte eben doch nicht bei dem Meilenlauf mitmachen sollen, in seinem Alter …“

Auch zu Frau Görde war also noch nicht durchgedrungen, dass Lohmann ermordet worden war. Mona beließ die Vermieterin einstweilen im Glauben an einen Unfalltod.

„Ist Ihnen etwas Ungewöhnliches aufgefallen im Zusammenhang mit Ihren Mietern in der Grönlandstrate?“

Mona hatte sich Tee eingießen lassen und knabberte nun an einem Stück Rosinenstuten. Der unerwartete

Leichenfund hatte sie hungrig werden lassen. Thea Görde legte nachdenklich die Stirn in Falten.

„Ich weiß nicht, worauf Sie hinauswollen. Meinen Sie, weil Herr Lohmann so viel älter war als seine Freundin? Ich bin ja tolerant, und das geht mich auch alles nix an. – Moment, jetzt fällt mir aber doch was ein. – Am Abend vor dem Meilenlauf erschien ein Fremder bei mir. Er fragte mich nach Herrn Lohmann. Er muss wohl geglaubt haben, dass die Urlauber hier in meinem Haus wohnen. Aber ich erklärte ihm, dass mein Ferienhaus in der Grönlandstrate steht. Dort würde er Herrn Lohmann finden.“

Mona wurde hellhörig.

„Den Namen dieses Unbekannten haben Sie nicht zufällig mitbekommen?“

„Nein, Frau Kommissarin. Er hatte sich mir ja gar nicht vorgestellt. Er war ein Mann um die Fünfzig, glattrasiert. Und er trug einen grünen Anorak, daran erinnere ich mich noch.“

Mona zog die beschlagnahmte Brieftasche hervor und zeigte der Vermieterin Dr. Konradis Personalausweis.

„Ist das der Unbekannte?“

Frau Görde riss die Augen auf.

„Ja, Frau Kommissarin! Woher haben Sie seinen Personalausweis?“

„Die Leiche dieses Mannes wurde in den Dünen gefunden“, erwiderte Mona.

Kapitel 10

Was hatte Dr. Konradi von Lohmann gewollt? Und von wem war Dr. Konradi getötet worden?

Diese Fragen spukten Mona durch den Kopf, während sie den Dienstwagen Richtung Ortskern lenkte. Als sie in die Wilhelm-Feldhoff-Straße abgebogen war, erblickte sie plötzlich eine wohlbekannte Gestalt.

Mona brachte den Opel Vectra zum Stehen und stieß die Beifahrertür auf.

„Steig ein!“, sagte sie zu ihrem Ex-Freund. Keno grinste breit.

„Bin ich verhaftet?“

„Lass die blöden Witze. Ich wette, dass du in die Grönlandstrate willst.“

„Wie hast du das nur erraten, Mona?“

„Dann haben wir denselben Weg. Also mach schon, oder brauchst du eine Extraeinladung?“

Keno ließ sich auf den Beifahrersitz fallen und griff neugierig zum Mikrofon des Funkgeräts.

„Ob du es glaubst oder nicht, ich habe noch nie in einem Polizeiwagen gesessen, weder in einem zivilen noch in einem Streifenwagen. Ich bin doch eigentlich ein braver Kerl, wurde noch niemals verhaftet.“

„Fass das nicht an!“, blaffte Mona. „Und vergiss den Sicherheitsgurt nicht, sonst ist eine Verwarnung fällig.“

„Hast du eigentlich immer so miese Laune – oder nur, wenn es um Annette geht? Es passt dir überhaupt nicht, dass ich mich mit ihr treffe, nicht wahr?“

Mona atmete tief durch, bevor sie antwortete. Immerhin legte Keno den Sicherheitsgurt an und ließ das Funkgerät in Frieden. Die Kommissarin war inzwischen schon für kleine Erfolge dankbar.

„Keno, wenn du mich mithilfe dieser Trulla eifersüchtig machen willst, dann wird das nicht funktionieren."

Das Grinsen ihres Ex-Freundes wurde noch breiter.

„Du klingst aber überhaupt nicht so, als ob du für mich nichts mehr empfinden würdest, Mona. Außerdem bin ich der Meinung, dass gleiches Recht für alle gilt. Du flirtest mit diesem Schönling, wirfst dich für ihn in Schale – und ich soll leben wie ein Mönch? Ich kann mich nicht erinnern, wann du mal für mich ein Kleid angezogen hättest. Dabei hast du so schöne Beine, die du wirklich nicht verstecken musst."

Zur Bekräftigung seiner Worte fasste Keno Mona ans Knie. Sie löste ihre Hand vom Lenkrad und haute ihm auf die Finger.

„Hallo – geht's noch? Du musst dir keine Schwachheiten einbilden, nur weil ich dich im Auto mitnehme. Keno, meinetwegen kannst du rummachen, mit wem du willst. Wir sind kein Paar mehr, akzeptiere das endlich. Aber Annette Heuer ist in eine laufende Mordermittlung verwickelt. Mehr darf ich dir nicht sagen."

„Natürlich nicht, du bist ja so eine pflichtbewusste Polizistin", spottete Monas Ex. „Willst du vielleicht andeuten, dass Annette eine gefährliche Verbrecherin ist? Ich bin alt genug und kann sehr gut selbst auf mich aufpassen. Außerdem stimmt es zweifellos, dass wir nicht mehr zusammen sind. Aber das war ein großer Fehler, siehst du das nicht ein? Wir passen einfach perfekt zusammen. Warum können wir diesen Irrtum nicht ausbügeln?"

„Beispielsweise, weil ich nicht mehr will", knurrte Mona und brachte den Wagen vor dem Ferienhaus in der Grönlandstrate zum Stehen. „Trotzdem wäre ich dir dankbar, wenn du gegenüber deiner tollen Annette unsere vergangene Beziehung nicht zum Thema machen würdest."

Darauf erwiderte Keno nichts. Es passte Mona überhaupt nicht, dass sie in seiner Begleitung bei der Verdächtigen aufkreuzen musste. Aber nach Lage der Dinge konnte die Kommissarin lange warten, bis sie Annette Heuer mal allein antraf. Vielleicht würde Keno ja begreifen, dass das selbsternannte Model eine gefährliche Person war.

Annette Heuer empfing ihre beiden Gäste mit einem süßsauren Lächeln.

„Was für eine nette Überraschung, jedenfalls teilweise. – Sie können sich wohl gar nicht mehr von mir losreißen, Frau Sander?"

Die Blonde warf Keno einen heißen Blick zu, gab ihm aber keinen Kuss. So weit war es also noch nicht zwischen den beiden. Oder hielt sie sich nur in Monas Gegenwart zurück? Die Kommissarin beschloss, sich jetzt lieber auf ihren aktuellen Fall zu konzentrieren.

„Frau Heuer, ich will Sie nicht lange aufhalten", sagte Mona förmlich. „Es hat eine neue Entwicklung gegeben. – Ist Ihnen diese Person bekannt?"

Die Kommissarin hielt nun auch ihrer Hauptverdächtigen den Personalausweis des Toten unter die Nase. Annette Heuer schaute sich das Foto genau an.

„Ist das Hardys Mörder?"

Mona seufzte genervt.

„Sagen Sie es mir, Frau Heuer. Haben Sie diesen Mann schon einmal gemeinsam mit Hardy Lohmann gesehen? Als Wohnort ist auf dem Personalausweis Hamburg angegeben."

„Ja, aber die Hansestadt ist groß", erwiderte Annette Heuer. „Frau Sander, ich würde Ihnen gern helfen. Allein schon, damit Sie mich endlich in Ruhe lassen. Aber ich habe diesen Mann noch niemals zuvor gesehen. Allerdings fällt mir ein, dass Hardy einen Tag vor seinem Tod einen Anruf bekam. Er sagte: ‚Lass mich in Ruhe, Tobias.' Das könnte doch dieser Typ gewesen sein, nicht wahr? Zumal er doch auch Tobias mit Vornamen heißt.“

Lohmanns Smartphone wurde noch kriminaltechnisch untersucht, aber das Ergebnis lag bisher nicht vor. Allerdings hatte Mona in den Taschen des toten Dr. Konradi ebenfalls ein Mobiltelefon gefunden. Es war also nur eine Frage der Zeit, bis man den letzten telefonischen Kontakt zwischen den beiden Männern würde nachweisen können.

Mona wollte nachbohren, aber da sprach Annette Heuer aus freien Stücken weiter: „Kurz nach diesem Anruf zog Hardy seine Laufklamotten an und verließ das Haus. Er sagte, dass er noch einen Trainingslauf absolvieren wollte. Ungefähr zwei Stunden später kehrte er zurück.“

Mona rechnete im Kopf kurz nach. Wenn sie sich mit dem geschätzten Todeszeitpunkt nicht völlig verhauen hatte, dann war Dr. Konradi am Tag vor dem Meilenlauf noch am Leben gewesen. Und in dem Zeitfenster von zwei Stunden hätte Lohmann locker hoch zum Ostland laufen, seinen Geschäftspartner erwürgen und dann zu seiner Geliebten zurückkehren können. Immer vorausgesetzt, dass Annette Heuer mit ihrer Aussage bei der Wahrheit geblieben war. Doch auch wenn Mona diese Frau persönlich nicht mochte, musste sie sich doch eingestehen, dass Annette Heuer in diesem Moment aufrichtig wirkte.

„Das ist eine interessante Angabe, Frau Heuer. Ich frage mich natürlich, warum Sie uns nicht schon früher von diesem geheimnisvollen Anruf erzählt haben.“

Die Verdächtige zuckte mit den Schultern.

„Ich hatte es schon fast vergessen, erst der Vorname dieses Kerls hat meine Erinnerung ausgelöst. Wieso überlässt der Ihnen übrigens so einfach seinen Personalausweis?“

„Weil er tot ist“, gab Mona trocken zurück. „Sie selbst stehen in diesem Fall nicht unter Mordverdacht, Frau Heuer.

Ich muss Sie trotzdem bitten, sich zu unserer Verfügung zu halten."

Mit diesen Worten wandte Mona sich der Tür zu. Annette Heuer wirkte überrascht, und auch Keno blieb ausnahmsweise die Spucke weg.

„So schnell werdet ihr mich nicht los", raunte Mona ihrem Ex zu, während sie an ihm vorbeiging. Gleich darauf bereute sie ihre Worte schon wieder, aber nun war es zu spät. Dieser Typ sollte doch nicht den Eindruck gewinnen, dass sie sich zwischen ihn und dieses selbsternannte Model drängen wollte!

Als Mona einige Zeit später die Polizeiwache betrat, stellte sie erleichtert fest, dass Enno bereits mit dem Streifenwagen zurückgekehrt war. Seine ruhige besonnene Art konnte Mona jetzt besonders gut gebrauchen.

Der Oberkommissar gab seiner Kollegin zunächst eine Tasse Tee und berichtete, dass die Bergung des Toten in die Wege geleitet sei. Dann fuhr er fort: „Mona, ich habe den beruflichen Hintergrund des Ermordeten schon etwas durchleuchtet. Dr. Konradi war einer von diesen Abmahnanwälten, die mit Lohmann unter einer Decke steckten. Das habe ich gerade von den Hamburger Kollegen erfahren. Aber es kommt noch besser. Oder noch schlimmer, wie man es nimmt."

„Mach es nicht so spannend, das hält mein Nervenkostüm nicht aus."

„Ich rief Dr. Konradis Ehefrau an, um ihr die traurige Nachricht zu überbringen. Aber sie hält sich momentan in Kalifornien auf, in Malibu. Wegen der Zeitverschiebung erwischte ich sie auf einer Cocktailparty, zum Glück war sie noch halbwegs nüchtern. Angeblich lebt sie schon seit längerer Zeit getrennt von ihrem Gatten. Von seinen Verstrickungen in dunkle Geschäfte wusste sie nichts oder wollte nichts davon wahrhaben. Immerhin will sie sich um die Beerdigung kümmern, sobald sie wieder in Deutschland ist. Daraufhin nahm ich noch einmal Kontakt zu Sandra Lohmann auf. Ich wollte wissen, in welchem Verhältnis ihr Mann zu Dr. Konradi stand."

„Und was hat der hanseatische Eisschrank geantwortet?"

„Als Sandra Lohmann durch mich von Dr. Konradis Tod erfuhr, verlor sie völlig die Fassung. Ich musste ziemlich lange warten, bis sie sich am Telefon wieder halbwegs verständlich machen konnte. – Mona, diese Frau muss den Geschäftspartner ihres Mannes geliebt haben. Als sie von Lohmanns Tod erfuhr, konnte sie sich noch nicht einmal eine Träne abquetschen. Aber Dr. Konradis gewaltsames Ende machte sie völlig fertig."

„Wusste sie denn, weshalb Dr. Konradi nach Borkum gereist ist? Er wollte etwas von Lohmann, das habe ich dank der Vermieterin herausbekommen. Und wenn Annette Heuer nicht gelogen hat, dann gab es womöglich ein Telefonat zwischen Dr. Konradi und Lohmann."

„Das ist interessant. Nein, Dr. Konradis Fahrt hierher war Lohmanns Witwe nicht bekannt, das behauptet sie zumindest. In diesem Punkt kam sie mir auch glaubhaft vor. Trotzdem bin ich sicher, dass Sandra Lohmann uns etwas verschweigt."

„Und da ist sie nicht die Einzige", stellte Mona grimmig fest. „Ob Lohmann seinen Geschäftspartner gekillt hat? Der Mörder von Dr. Konradi war jedenfalls ein Mann, ich habe mir die Würgemale genau angeschaut."

Enno hob seine buschigen Augenbrauen.

„Du meinst, eine Frau hätte nicht genug Kraft für die Tat gehabt?"

Mona schüttelte den Kopf.

„Es gibt zweifellos Frauen, die stark genug sind, um einen Mann von Konradis Statur erwürgen zu können. Ein Muskelprotz war er ja nicht gerade, jedenfalls nach meinem ersten Eindruck. Aber unsere momentan einzige weibliche Verdächtige ist Annette Heuer. Kannst du dir vorstellen, dass dieses zarte Persönchen dem Abmahnanwalt den Hals umdreht? Außerdem lassen die Würgemale auf große Männerhände schließen. Und solche Pranken hat die Heuer nicht."

„Was für ein Beziehungsgeflecht!", stöhnte Enno. „Sandra Lohmann ist mit Dr. Konradi liiert, während ihr Ehemann eine Geliebte hat, die sich neuerdings mit deinem Ex vergnügt. Und wie Schaller zu Annette Heuer steht, haben wir auch noch nicht geklärt."

„Hättest du die Güte, den blöden Keno aus dem Spiel zu lassen?", zischte Mona. „Der Doofmann hat mit unserem Mordfall absolut nichts zu tun. Abgesehen davon, dass die Heuer ihn benutzt, um unsere Ermittlungen zu stören."

„Und damit könnte sie sogar Erfolg haben", stellte der Oberkommissar nüchtern fest. „Wenn herauskommt, dass dein Ex mit unserer Hauptverdächtigen intimen Kontakt hat, könntest du wegen Befangenheit oder Voreingenommenheit von dem Fall abgezogen werden."

„Mal den Teufel nicht an die Wand", gab Mona zurück. „Hör dir lieber an, was ich über Schaller in Erfahrung gebracht habe."

Die Kommissarin berichtete von den Zeugenaussagen der Eberles. Enno pfiff durch die Zähne.

„Wenn das so ist, dann sollten wir einen Durchsuchungsbeschluss für Schallers Hotelzimmer bekommen."

Mona war sofort begeistert.

„Ja, wir müssen in die Offensive gehen! Zumindest können wir diesen Schönling aus dem Konzept bringen, und er belastet sich womöglich selbst."

Enno griff zum Telefon, um den Durchsuchungsbeschluss zu beantragen. Als er das Gespräch beendet hatte, redete

Mona weiter: „Und wenn Schaller nun sowohl Lohmann als auch Dr. Konradi umgebracht hat? Auch diese Möglichkeit sollten wir bedenken."

„Wo siehst du das Motiv? Bei Lohmann könnte Eifersucht eine Rolle spielen – vorausgesetzt, Annette Heuer und Schaller sind wirklich im Geheimen ein Liebespaar. Vielleicht wollten sie den älteren Liebhaber auch einfach nur gemeinsam ausnehmen. Aber wo kommt dann Dr. Konradi ins Spiel?"

„Bei den 100.000 Euro, Enno! Es kann diesem windigen Abmahnanwalt nicht gleichgültig gewesen sein, dass sein Kompagnon Lohmann sich mit dem Geld absetzt. Womöglich steckten Schaller und Dr. Konradi unter einer Decke, auch diese Möglichkeit sollten wir berücksichtigen! Der Hacker denkt sich, dass er die Summe nicht mit jemandem teilen möchte, und beseitigt den Anwalt. Wenn wir Glück haben, können wir Telefonate oder Emails zwischen Schaller und dem Toten in den Dünen nachweisen."

Vorerst mussten sich die beiden Kriminalisten noch in Geduld üben, weil der Durchsuchungsbeschluss noch nicht vorlag. Mona rief im Hamburger Polizeipräsidium an und versuchte, mehr über Annette Heuer in Erfahrung zu bringen. Sie vertiefte sich in neue Informationen. Erst Ennos Stimme riss sie aus ihrem tranceähnlichen Zustand.

„Ich habe gefragt, ob du auch was zum Essen haben möchtest, Mona. Die Mittagszeit ist schon lange vorbei."

Die Kommissarin blickte auf.

„Ja, könntest du mir ein Brötchen mit Bismarckhering mitbringen? Das wäre nett."

„Hast du etwas Neues herausgefunden, Mona?"

„Ich füge die Puzzlesteine gerade etwas zusammen. Aber wenn die Angaben stimmen, dann habe ich etwas wirklich

Brisantes entdeckt. Da bleibt dir glatt dein Fischbrötchen im Hals stecken."

„Dazu müsste ich es erst einmal haben", erwiderte Enno nüchtern. „Also, bis gleich."

Die Kommissarin nickte zerstreut und tippte weiter auf ihrer Tastatur herum. Einige Zeit später kehrte Enno zurück und raschelte mit der Brötchentüte. Mona griff zu und biss in ihr Heringsbrötchen. Sie deutete auf den Monitor, wo eine Homepage mit wilden Grafiken zu sehen war.

„Sagt dir der Name *Digital Fog Gang* etwas?"

Enno runzelte die Stirn.

„Das heißt Digitale Nebelbande, oder? So weit reicht mein Englisch auch gerade noch. Aber – ist das nicht Annette Heuer?"

Der Ostfriese deutete mit seinem dicken Zeigefinger auf ein Foto. Dort war trotz Teilmaskierung die Mordverdächtige deutlich zu erkennen. Allerdings trug sie eine Art Underground-Kämpferuniform. In einem solchen Outfit hatten die beiden Kriminalisten sie noch nicht gesehen. Und sie nannte sich *Turbo Cat*.

„Die *Digital Fog Gang* ist eine Hacker-Gruppe", erklärte Mona. „Diese selbsternannten Rächer der Enterbten haben angeblich dem Organisierten Verbrechen den Kampf angesagt. Als moderne Robin Hoods versuchen sie, unehrlich erworbenes Geld aus Schutzgelderpressung, Zwangsprostitution oder Drogenhandel auf virtuellem Weg zu stehlen. Die Beklauten können logischerweise nicht zur Polizei gehen."

„Nee, die Gangster haben aber ihre eigenen Methoden, um mit solchen Leuten fertigzuwerden", erwiderte Enno trocken. „Sind diese Hacker denn lebensmüde? Sie müssten doch wissen, dass das Organisierte Verbrechen keine Gnade kennt. Schon gar nicht, wenn es sich um ihre Gewinne dreht."

„Na ja, ein paar Vorsichtsmaßnahmen haben sie schon ergriffen. Wie du siehst, sind die Typen teilweise maskiert. Außerdem findest du diese Homepage nicht mit einer x-beliebigen Suchmaschine. Ich bin hier gerade im *Dark Net* unterwegs, Enno. Den Tipp habe ich von einem Computerspezialisten der Hamburger Kollegen bekommen. Sonst wäre ich niemals auf diese Seite gestoßen."

Der erfahrene Oberkommissar schüttelte den Kopf.

„*Dark Net* und Masken hin oder her, diese Typen sind eitel. Und das wird ihnen zum Verhängnis werden. Ich meine, warum posaunen sie ihre Absichten überhaupt hinaus? Wenn es ihnen darum geht, der Mafia das Geld zu klauen, sollten sie das besser in aller Heimlichkeit tun. Das wäre ihre beste Überlebenschance."

„Aus dir spricht wieder einmal die Altersweisheit", meinte Mona schmunzelnd. „Schaller erkenne ich auf dem Foto nicht, aber das muss nichts zu bedeuten haben. Ich gebe aber gern zu, mich in Annette Heuer gewaltig getäuscht zu haben. Anfangs hielt ich sie für ein blondes Dummchen, das sich gern Partydrogen reinpfeift und ansonsten auf das Vermögen von alten Kerlen scharf ist. Aber ich habe mich geirrt, jedenfalls teilweise. Dass es unserer Verdächtigen auf Geld ankommt, glaube ich immer noch. Aber dass sie eine Hackerin ist, wirft ein ganz neues Licht auf diesen Fall."

Enno hatte sein Fischbrötchen bereits vernichtet, während Mona sprach. Die Kalorienzufuhr half ihm offenbar beim Denken.

„Angenommen, die *Digital Fog Gang* hatte Lohmann Solutions und dieses Geflecht von Abmahnanwälten wirklich im Visier. Sie wollten Lohmann und dessen Komplizen um ihr ergaunertes Vermögen erleichtern. Aber dummerweise war Lohmann selbst ein IT-Spezialist. Womöglich konnte er sich gegen Hackerangriffe besser abschirmen als irgendwelche anderen Gangster."

Mona nickte und nahm den Gedankengang ihres Dienstpartners auf.

„Also nahm Annette Heuer alias *Turbo Cat* die Finger von der Tastatur und versuchte es mit einer Methode, die schon vor Jahrtausenden funktioniert hat: Sie näherte sich Lohmann mit den Waffen einer Frau. Aber ganz so erfolgreich kann sie damit nicht gewesen sein. Sonst hätte sie Lohmann die 100.000 Euro klauen und sich absetzen können."

„Das wissen wir nicht", wandte Enno ein. „100.000 Euro in bar sind zwar für uns ein hübsches Sümmchen, aber in diesem Geschäft ging es womöglich um Millionen. Wir können jedenfalls davon ausgehen, dass die Heuer mit Schaller gemeinsame Sache gemacht hat. Und der Mord an Lohmann war keine Spontantat, darüber sind wir uns wohl auch einig. Er wurde von jemandem begangen, der die Gewohnheiten und Absichten des Opfers genau kannte."

„Du wirst lachen, aber gerade diese Tatsache entlastet in meinen Augen das Gaunerpärchen aus der Hacker-Szene. Warum sollte man jemanden töten, dem man finanziell das Fell über die Ohren ziehen will? Das ergibt keinen Sinn."

Mona unterbrach sich selbst, denn in diesem Moment kam Grietje Smit und gab Enno ein Fax.

„Hier, das ist gerade gekommen."

Der Oberkommissar nickte und rieb sich die Hände.

„Da haben wir ihn ja schon, unseren Durchsuchungsbeschluss. Wollen wir uns Schaller gleich zur Brust nehmen?"

Mona schaute auf die Uhr. Es war bereits 17:11 Uhr.

„Am liebsten würde ich den Kerl richtig melodramatisch frühmorgens aus dem Bett holen. Aber es wäre wohl töricht von uns, bis morgen früh zu warten. Wer weiß, was Schaller noch anstellt. Wenn er wirklich Dr. Konradi auf dem

Gewissen hat, sollten wir ihm die Tat möglichst schnell nachweisen können."

Es gab eine kurze Einsatzbesprechung mit dem inzwischen vom Festland zurückgekehrten Hauptkommissar Oltbeck. Der Vorgesetzte war bestürzt über die neue Gewalttat auf der friedlichen Nordseeinsel. Aber es gefiel ihm natürlich, dass die Ermittlungen schon Fahrt aufgenommen hatten.

„Dieser Sven Schaller ist also ein Hauptverdächtiger?", vergewisserte sich Oltbeck.

„Auf jeden Fall hat er uns bei der Befragung angelogen, was wir ihm beweisen können. Und er hält vermutlich Beweismaterial zurück", sagte Mona eifrig.

„Gut, dann führen Sie die Durchsuchung umgehend durch. Aber nehmen Sie Frau Smit und Herrn Ekhoff mit."

Normalerweise hätte es völlig ausgereicht, wenn Enno und sie selbst zu Schaller gefahren wären. Das war zumindest Monas Meinung. Aber bei einer Hausdurchsuchung war es gut, mit entsprechend großer Polizeipräsenz aufzutreten. So kamen die Verdächtigen gar nicht erst auf die Idee, Widerstand zu leisten. Allerdings hielt Mona Schaller für zu clever, um bei der geplanten Maßnahme den wilden Mann zu spielen.

Aber man konnte nie wissen, wie jemand in einer Stresssituation reagierte.

Sie fuhren mit dem Opel Vectra und einem Streifenwagen zur Jann-Berghaus-Straße, wo sich das Hotel *Teutonia* befand. Als die Polizisten ausstiegen, zückten die Gaffer schon ihre Smartphones. Dabei war noch gar nichts geschehen.

Mona ging zur Rezeption und zwinkerte Nicole Berger zu.

„Moin. Ist Herr Schaller auf seinem Zimmer?"

„Ja, aber …"

„Keine Sorge, wir haben alles unter Kontrolle."

Mona hielt sich nicht mit einer langen Debatte auf, sondern eilte die Treppe hoch. An den Wänden hingen mehr oder weniger scheußliche Ölgemälde von Handelsschiffen unter vollen Segeln und Schlachtkreuzern mit dampfenden Schornsteinen. Wahrscheinlich war die Dekoration seit der Regierungszeit von Kaiser Wilhelm II. nicht verändert worden, jedenfalls nach Monas Meinung.

Ihre Kollegen folgten ihr. Enno hatte geahnt, dass es Mona besonders freuen würde, Schaller den Durchsuchungsbeschluss zu überreichen. Daher hatte er ihr das Dokument überlassen. Die Kommissarin klopfte an die Zimmertür des Hackers.

„Herr Schaller? Öffnen Sie bitte. Hier ist die Polizei Borkum."

Von drinnen waren einige gemurmelte Worte zu hören, die eher nach einem Fluch als nach einer Begrüßungsformel klangen. Aber dann wurde ein Schlüssel im Schloss umgedreht und Schaller öffnete die Tür.

„Was soll dieser Überfall, Frau Kommissarin?"

„Es handelt sich um eine polizeiliche Maßnahme zur Umsetzung dieses Durchsuchungsbeschlusses", sagte Mona in ihrem schönsten Amtsdeutsch. Sie drückte dem Verdächtigen das Papier in die Hand und ging an ihm vorbei in das Zimmer. Schaller hatte ein Doppelzimmer zur Einzelbenutzung. Im Gegensatz zu dem antiquiert wirkenden Treppenhaus war es gründlich renoviert worden. Die Betten sahen neuwertig aus, es gab sogar einen Flachbildfernseher. Mona gefiel in dem Raum allerdings der Panoramablick auf die Nordsee am besten. Doch sie war ja nicht hergekommen, um die Aussicht zu genießen.

Das Zimmer war unaufgeräumt, es lag allerlei Krimskrams herum. Natürlich stand auf dem kleinen Schreibtisch auch ein Notebook. Mona deutete auf den Mini-Rechner.

„Hinderk, den Laptop nehmen wir mit."

„Wird gemacht“, erwiderte der junge uniformierte Kollege und stöpselte das Elektrokabel des Rechners aus. Erst jetzt schien Schaller zu begreifen, was um ihn herum geschah.

„Moment mal, was soll das? Sie können doch nicht einfach meine Sachen entwenden.“

„Dieses Recht haben wir, jedenfalls im Rahmen unserer Untersuchungen“, sagte Enno. „Sie bekommen natürlich eine Quittung für alle Gegenstände, die wir beschlagnahmen. Ich nehme an, das ist Ihr Smartphone?“

Der Oberkommissar deutete auf ein Handy, das auf dem Bett lag.

„Ja, ich …“

Schaller wollte danach greifen. Aber mit einer Behändigkeit, die kein Außenstehender dem hünenhaften Ostfriesen zugetraut hätte, schnappte sich Enno das Smartphone und steckte es ein.

Genau wie ihre Kollegen hatte Mona Latexhandschuhe übergestreift und nahm sich die Reisetasche des Verdächtigen vor.

„Da werden Sie nur meine gebrauchten Unterhosen finden. Wollen Sie die vielleicht auch mitnehmen?“

„Wir tun hier nur unsere Arbeit“, gab Mona kühl zurück. „Wenn Sie die Polizei anlügen, machen Sie sich dadurch nur noch verdächtiger.“

„Ich habe keine Ahnung, wovon Sie reden, Frau Kommissarin.“

„Es gibt Zeugen dafür, dass Sie und Annette Heuer einander kennen, sie haben sich auch hier auf Borkum getroffen.“

„Und das soll ein Verbrechen sein?“, höhnte der Hacker. Aber es war offensichtlich, dass seine Selbstsicherheit momentan nur gespielt war. Schaller hatte nicht mit der Durchsuchung gerechnet, und dadurch bekam Mona Oberwasser. Sie hätte beinahe eine Anspielung auf die

Digital Fog Gang gemacht, aber sie konnte sich gerade noch rechtzeitig auf die Zunge beißen. Es war nicht klug, wenn man einem Verdächtigen gegenüber zu viel vom Ermittlungsstand preisgab.

Mona und ihre Kollegen gingen sorgfältig vor. Sie schauten sich jeden Quadratzentimeter des Zimmers genau an, checkten auch mögliche Verstecke hinter den Fußleisten oder in dem schmalen Hohlraum zwischen Schrank und Wand. Aber außer dem Notebook und dem Smartphone konnten sie nichts beschlagnahmen. Doch nach Monas Meinung waren das für einen Hacker ohnehin die wichtigsten Gegenstände.

Die Kommissarin schaute Schaller direkt ins Gesicht.

„Wir verabschieden uns jetzt, Herr Schaller. Falls Sie uns etwas zu sagen haben, wäre das jetzt ein geeigneter Zeitpunkt dafür."

Der Hacker schüttelte mürrisch den Kopf.

„Ich habe nichts zu sagen – außer, dass Ihr Verhalten ein Nachspiel haben wird. Sie hören von meinem Anwalt."

„Das ist Ihr gutes Recht", gab Mona zurück. „Wir wünschen Ihnen einen schönen Abend und einen guten Rest-Aufenthalt auf Borkum."

Die Polizisten verließen das Hotelzimmer. Draußen hatte sich eine kleine Menschentraube gebildet. Auch ein Lokaljournalist war inzwischen eingetroffen. Aber Mona und Enno blockten alle neugierigen Nachfragen ab. Im Auto sagte die Kommissarin: „Ich schätze, dass Schaller sämtliche Dateien verschlüsselt hat. Das Notebook und das Smartphone sollten schnellstmöglich von den LKA-Spezialisten untersucht werden."

„Geht klar, Mona. Vielleicht kann Oltbeck etwas Dampf machen, damit wir die Ergebnisse auch wirklich zeitnah bekommen."

„Ein Versuch kann ja nichts schaden."

Bei ihrer Rückkehr zur Polizeistation lagen inzwischen immerhin die Einzelverbindungsnachweise vom Smartphone des Giftopfers vor. Es hatte wirklich am Freitag vor dem Meilenlauf drei kurze Telefonate zwischen Lohmann und Dr. Konradi gegeben.

„Ich kann mir vorstellen, wie das abgelaufen ist", sagte Mona. „Der Abmahnanwalt ruft Lohmann an, macht ihm die Hölle heiß und will ein Treffen. Lohmann sagt zu, läuft los. Konradi meldet sich erneut telefonisch, lotst Lohmann ins Ostland. Zwischen den beiden Gesprächen gibt es eine Pause von zwanzig Minuten, siehst du? Dann beträgt aber der Abstand zwischen dem zweiten und dem dritten Telefonat nur noch ein paar Minuten. Wahrscheinlich hat sich Konradi einen Platz ausgesucht, wo es garantiert keine Zeugen gibt. Er konnte ja nicht ahnen, dass er selbst dort ins Dünengras beißen würde."

Enno wiegte bedächtig den Kopf.

„Ja, dieser Ablauf ist plausibel. Wenn du recht hast, hätten wir einen Mord schon aufgeklärt. Dass der Täter ebenfalls nicht mehr lebt, ist dabei unerheblich. Ich hoffe, dass wir morgen noch ein paar Schritte weiterkommen. – Soll ich dich nach Hause fahren?"

Mona schüttelte den Kopf.

„Nein, dann müsste ich ja mein Rad hier stehen lassen."

„Wie du willst, dann also bis morgen."

Als Enno verschwunden war, packte die Kommissarin ebenfalls ihre Siebensachen zusammen. Aber als sie die Polizeistation verließ, wurde ihr plötzlich bewusst, dass sie noch nicht nach Hause wollte. Das Ferienhaus in der Grönlandstrate lag ohnehin auf ihrem Weg. Wenn sie nun noch einen kleinen Abstecher zu Annette Heuer machte? Mona wollte ihr unter die Nase reiben, dass es eine Hausdurchsuchung bei Schaller gegeben hatte. Es wäre interessant, ihre Reaktion zu beobachten.

Aber wenn sie ehrlich sich selbst gegenüber war, wurde sie hauptsächlich von privater Neugier angetrieben. Mona wollte herausfinden, ob ihr Ex auch noch abends bei der Verdächtigen herumhing.

Die Sonne war bereits über der Nordsee untergegangen, und einen Feierabendverkehr wie in Großstädten gab es auf Borkum ohnehin nicht. Wenn die letzte Fähre bzw. der letzte Katamaran von Eemshaven angekommen war, wurde es still auf der Insel. Mona bremste vor dem Ferienhaus, stieg vom Fahrrad und wollte schon an der Tür klopfen. Drinnen brannte Licht, also musste Annette Heuer daheim sein.

Mona hatte die Faust bereits geballt, da hielt sie in ihrer Bewegung inne. Von drinnen waren laute Geräusche zu hören. Stöhnen, Keuchen, das rhythmische Quietschen von Bettfedern. Es war eindeutig, wodurch diese Töne hervorgerufen wurden. Man musste nicht Sherlock Holmes sein, um das zu erkennen.

Einen Moment lang kämpfte Mona mit sich. Ob sie sich trotzdem bemerkbar machen sollte? Nein, diese Demütigung wollte sie sich ersparen. Er gab ohnehin keinen dienstlichen Grund für ihren Besuch. Jedenfalls keinen, der nicht bis zum nächsten Morgen warten konnte.

Ihre Augen schimmerten feucht, als sie wieder auf ihr Rad stieg und in die Pedale trat, als ob Dämonen hinter ihr her wären.

Kapitel 11

Zum Glück gab es zu dieser nächtlichen Stunde keinen Gegenverkehr. Darum machte es nichts aus, dass Mona mit Tränen in den Augen Richtung Strand raste. Sie hasste sich selbst dafür, dass sie wegen ihres Ex überhaupt zu heulen begonnen hatte.

Keno ist doch wirklich das Letzte!, dachte sie traurig und enttäuscht. *Er kehrt nach Borkum zurück und sagt, dass er mich immer noch liebt. Er macht mir eine Szene, weil ich mit Schaller im Café sitze. Und was macht Keno selbst? Nur, weil ich nicht gleich wieder auf ihn hereinfalle, lässt er sich mit dieser verbrecherischen Tussi ein. Ich meine, wie krank ist das denn? Glaubt er vielleicht, mich auf diese Art zurückgewinnen zu können? Dieser Schuss ist aber gründlich nach hinten losgegangen!*

Es wären eigentlich nur noch wenige hundert Meter von der Grönlandstrate bis zu Monas eigener Wohnung in der Walfangerstrate gewesen. Aber die Kommissarin hatte ihr Rad gewendet und düste jetzt in die entgegengesetzte Richtung. In ihrer momentanen Weltuntergangsstimmung war es für sie völlig undenkbar, jetzt allein in ihrer Wohnung zu hocken. Dann würde sie sich nämlich garantiert einsam fühlen, und darauf hatte sie überhaupt keine Lust.

Mona trocknete ihre Tränen, als sie den still im Mondlicht liegenden Bahnhof erreichte und vom Rad stieg. Aus der *Seekiste* dröhnte Shanty-Musik, das Lachen der bierseligen Zecher hallte wider. Mona konnte jetzt auch einen guten Schluck vertragen. Sie schob ihr Fahrrad durch die Bismarckstraße, vorbei an der *Coffee Bar Borkum*, am *Strandläufer*, dem *Akropolis* und den anderen gut gefüllten Lokalen. Aber Mona zog es zur Promenade hinunter, wo sie auf die nächtlich dunkle See schauen konnte, während sie sich langsam volllaufen ließ. Das war zumindest der Plan.

Am nächsten Tag musste sie arbeiten, aber bis dahin war noch viel Zeit. Die Kommissarin wollte jetzt ohnehin nicht an ihren aktuellen Fall denken, der ihr auch privat so viel Kummer machte. Was versprach sich Annette überhaupt davon, sich mit Keno einzulassen? So attraktiv war er nun wirklich nicht, obwohl Mona seine freche und unbekümmerte Art damals so gut gefallen hatte. Und außerdem hatte er ihr immer das Gefühl gegeben, etwas ganz Besonderes für ihn zu sein.

Die Kommissarin presste die Lippen aufeinander, als ihr bewusst wurde, dass sie schon wieder an ihren Ex dachte. Jetzt wurde es wirklich dringend Zeit für etwas Alkoholisches!

Mona hatte ihr Fahrrad an der Jann-Berghaus-Straße angeschlossen und ging hinunter zur Promenade. Dort waren trotz der späten Stunde noch zahlreiche Menschen unterwegs. Auf den Ruhebänken links und rechts der Musikkuppel saßen Meeresfans und konnten sich vom Anblick des dunklen Gewässers mit den leuchtenden Positionslaternen der vorbeifahrenden Schiffe nicht losreißen.

Die Kommissarin steuerte *Ria's Beach* an. Es war fast schon zu kühl, um noch auf der Terrasse zu sitzen. Dort verharrten eher die Hardcore-Raucher. Mona stieß die Eingangstür auf und ließ gewohnheitsmäßig ihren Blick durch den modern eingerichteten Gastraum streifen, als sie eine wohlbekannte Person erblickte.

Keno!

Ihr Ex hockte abseits der anderen Gäste allein an einem Tisch. Er schien nicht mehr ganz nüchtern zu sein. Monas Herz klopfte schneller. Was hatte das zu bedeuten?

Auf jeden Fall eilte sie zu ihm hin. Dabei erwartete sie jeden Moment, Annette Heuer auftauchen zu sehen. Aber das war natürlich Unsinn. Keine Handtasche, keine

Frauenjacke oder ein sonstiges Utensil ließ darauf schließen, dass ihr Ex in Begleitung war.

„Moin, darf ich mich zu dir setzen?"

Diese Frage stellte Mona beinahe schüchtern, jedenfalls für ihre Verhältnisse. Keno schaute auf, sein Blick war verschwommen.

„Ja, natürlich."

Die Kommissarin nahm ihm gegenüber Platz. Das Glas vor ihm war bereits fast leer. Sie vermutete sehr stark, dass es nicht das erste war.

„Gin Tonic?", fragte sie lächelnd.

Keno verzog sein Gesicht zu einem traurigen Grinsen.

„Ja, immer noch Gin Tonic. Manche Dinge ändern sich eben nie."

Mona winkte der Kellnerin und bestellte sich einen Wodka. Als sie ihren Drink bekommen hatte, prostete sie ihrem Ex zu.

„Hast du nach mir gesucht, Mona?"

„Du gibst wohl nie auf, was? Nein, ich bin rein zufällig hereingeschneit. – Und seit wann kippst du dir hier Gin Tonics hinter die Binde?"

„Keine Ahnung, seit dem Sonnenuntergang, schätze ich. Der hat mich so sentimental gemacht."

Die Sonne war vor ungefähr zwei Stunden untergegangen. Demnach konnte Keno nicht der Mann gewesen sein, mit dem es Annette Heuer in ihrem Ferienhaus getrieben hatte. Außerdem ließen sich Kenos Angaben leicht durch die Kellnerin und andere Gäste bestätigen oder widerlegen.

Mona wurde von einem Gefühl ungeheurer Erleichterung überwältigt. Als der Alkohol seine Wirkung in ihrem Inneren entfaltete, fühlte sie sich sogar noch besser. Sie zwinkerte ihrem Ex zu.

„Sentimental, Keno? Solche Gefühle kenne ich ja gar nicht von dir."

„Für dich bin ich eben nur ein oberflächlicher Trottel", erwiderte er mit schwerer Zunge. „Aber was ist so erstaunlich daran, dass auch ein cooler Typ wie ich mal vom Weltschmerz überwältigt wird? Da sitze ich hier auf dieser schönen Insel, eine tolle Frau in Reichweite – und doch ist sie weiter entfernt von mir als je zuvor."

Mona lag die Frage auf der Zunge, weshalb sich Keno denn so schnell mit Annette getröstet hätte. Aber sie schluckte die gehässige Bemerkung schnell wieder herunter. Es gab momentan überhaupt keinen Grund dafür, Keno niederzumachen. Immerhin war er bei Annette Heuer standhaft geblieben, jedenfalls sprach alles dafür.

Die Kommissarin musste ihre Worte sorgfältig wählen.

„Keno, es ist sehr schmeichelhaft für mich, dass du immer noch etwas für mich empfindest. Aber ich sehe für uns als Paar keine Zukunft. Ich bin Polizeibeamtin und werde es auch bleiben, so viel steht fest. Und was ist mit dir? Heute sagst du, Borkum sei eine schöne Insel. Als wir uns im vorigen Jahr trennten, hast du über diese Sandbank mitten im Nirgendwo geschimpft, weil es hier nur alte Spießer gäbe. Was übrigens nicht stimmt."

Keno trank sein Glas aus. Dann grinste er, als ob er in eine saure Zitrone gebissen hätte.

„Da war ich wohl etwas unfair. Aber du hattest mich gekränkt, weil du mich auf den Mond geschossen hattest. Und ich weiß bis heute nicht, weshalb du nichts mehr von mir wissen wolltest."

„Ach, wirklich nicht?", erwiderte Mona spitz. „Der Grund hieß Tatjana, und sie hatte eine fürchterliche Lache, etwa so."

Die Kommissarin stieß ein schrilles Kichern aus, wodurch sich alle Gäste in Hörweite ihr zuwandten. Sie wurde rot und erkannte, dass der Alkohol bei ihr sehr schnell seine Wirkung tat. Keno winkte ab.

„Mit Tatjana ist nie etwas gelaufen, jedenfalls nicht so richtig. – Mona, du bist die Einzige, die ich liebe."

Nun nahm Keno wirklich ihre Hand. Und Mona brachte es momentan nicht übers Herz, ihre Finger wegzuziehen.

„Wie kam es denn eigentlich dazu, dass du Annette Heuer kennengelernt hast? Und wieso bist du momentan nicht bei ihr?"

Keno hatte sich inzwischen einen neuen Gin Tonic bringen lassen und nahm einen Schluck davon.

„Das habe ich dir doch schon erzählt, willst du mich jetzt verhören? Annette sprach mich an …"

„Die Initiative ging also eindeutig von ihr aus?"

Monas Ex rollte ungeduldig mit den Augen.

„Ja, selbstverständlich. Ich weiß ja, dass ich in deinen Augen sprunghaft und unzuverlässig bin. Aber ich reise doch nicht zu dir nach Borkum, um mich dann der Erstbesten an den Hals zu werfen. Von Annette habe ich schon wieder die Nase voll, deshalb bin ich schon vor ein paar Stunden aus ihrem Haus abgehauen. Wenn es nach mir geht, dann kehre ich nicht dorthin zurück. Ich werde sie auch nicht anrufen."

Keno streichelte sanft Monas Hand. Auch wenn sie den Körperkontakt angenehm fand, ließ sie sich nicht von ihren Empfindungen überwältigen. Obwohl die Erinnerungen an die schönen Zeiten mit ihrem Ex es nicht einfach für sie machten.

„Hat Annette dich nach mir ausgefragt?"

Keno zögerte. Mona bohrte nach.

„Bitte sag es mir, ich muss es wissen. Es ist wichtig!"

„So direkt über dich wollte sie nichts erfahren. Es ging ihr nur um das Haus. Deine Kollegen haben es doch durchsucht, während Annette auf dem Festland in U-Haft war. Sie fragte mich, ob ich herausfinden könnte, ob die Bull… äh, die Polizei etwas mitgenommen hätte."

Zum Beispiel 100.000 Euro?, dachte Mona, sprach es aber nicht aus. Sie versuchte, sich ihre Aufregung nicht anmerken zu lassen.

„Und – was hast du erwidert?“

„Ich blieb neutral, das schien mir am besten zu sein. Deshalb behauptete ich, dich demnächst aushorchen zu wollen. Annette hält mich für blöd, glaube ich. Sie hat irgendwelche halbseidenen Dinge am Kochen, aber etwas Genaues kann ich dir nicht sagen. Zwischen Annette und mir war nichts, ehrlich.“

Monas Verdacht hatte sich bestätigt. Lohmann musste es geschafft haben, das Geld vor den Augen seiner Geliebten zu verstecken. Ob die Mini-Kamera dazu dienen sollte, bei der Suche zu helfen? Oder hatte sie einem völlig anderen Zweck gedient? Mona merkte, dass sie innerlich wieder voll und ganz in ihrem Fall aufgegangen war. Tat sie das, um sich vor einer Entscheidung drücken zu können?

Nachdenklich schaute sie Keno an. Gewiss, er war ein Chaot und nahm es mit der Wahrheit nicht immer so genau. Aber was brachte es, wenn sie zu streng war und zu hohe Ansprüche stellte? Würde sie dann am Ende allein bleiben, weil ihr kein Mann gut genug war? Konnte sie nicht seine Liebesbeteuerungen ernst nehmen und es noch einmal mit ihm versuchen?

Ihr Ex schien zu spüren, was für einen Kampf sie mit sich selbst ausfocht.

„Bitte, Mona“, sagte er mit drängendem Unterton.

Da klingelte plötzlich ihr Smartphone. Selten war sie über einen Anruf so erleichtert gewesen wie in diesem Moment.

„Da muss ich rangehen“, behauptete Mona, sprang auf und trat einigen Schritte beiseite. Ihre Knie waren weich, der Wodka machte sich bemerkbar. Polizeimeisterin Grietje Smit war am Apparat.

„Mona, wir haben gerade eine schwere Körperverletzung zur Anzeige gebracht. Und ich …“

Die Kommissarin runzelte die Stirn.

„Wieso bist du überhaupt noch im Dienst? Hast du nicht längst Feierabend?“

„Ich muss eine Doppelschicht schieben, wegen unserer dünnen Personaldecke. Danke für dein Mitgefühl“, erwiderte Grietje auf ihre schnippische Art. „Aber was ich eigentlich sagen wollte: Die Person, die eins auf die Mütze gekriegt hat, kam mir verflixt bekannt vor. Es war dieser Typ, dessen Hotelzimmer wir vorhin auf den Kopf gestellt haben.“

„Sven Schaller?“, fragte Mona entgeistert.

„Ja, richtig. Er hat eine Platzwunde am Hinterkopf, ist aber wohl nicht lebensbedrohlich. Wir haben ihn ins Städtische Krankenhaus geschafft. Ich dachte, das würde dich interessieren.“

Kapitel 12

Monas Gedanken rasten. Was hatte das alles zu bedeuten?

„Okay, Grietje. Es ist super, dass du mich gleich angerufen hast. Seid ihr noch beim Krankenhaus?“

„Ja.“

„Ich komme dorthin. Dann kannst du mir berichten, was genau geschehen ist.“

Mit diesen Worten beendete die Kommissarin das Telefonat. Keno schaute sie an. Sein Gesichtsausdruck zeigte eine Mischung aus Verwirrung und Hoffnung. Vielleicht war er aber auch einfach nur ziemlich blau.

„Ich muss los, es geht um meinen aktuellen Fall. Wir reden ein andermal weiter, ja?“

„Habe ich eine Wahl?“, murmelte er leise. Mona kam sich schäbig vor, ihren Ex jetzt einfach zurückzulassen. Aber sie musste unbedingt erfahren, wer Schaller krankenhausreif geschlagen hatte. Trotzdem konnte sie es nicht lassen, auf dem Weg zum Ausgang die Kellnerin anzusprechen.

„Wie lange sitzt er schon dort?“

Mona deutete mit einer Kopfbewegung auf Keno.

„Zwei Stunden bestimmt. Er scheint sehr großen Durst zu haben“, erwiderte die junge Frau schmunzelnd. Die Kommissarin bedankte sich und eilte hinaus. Nun hatte sie also den endgültigen Beweis dafür, dass ihr Ex vorhin nicht bei Annette Heuer gewesen war. Also konnte man davon ausgehen, dass sich Schaller mit seiner Co-Hackerin vergnügt hatte. Oder war noch ein weiterer Mann im Spiel, von dem Mona bisher nichts wusste? Allmählich wurde die Sache unübersichtlich.

Mona rannte die Treppe zur Jann-Berghaus-Straße hoch, schnappte sich ihr Rad und trat kräftig in die Pedale. Zum Glück war sie noch nicht so angetrunken, dass sie nicht mehr gefahrlos Rad fahren konnte. Auf dem Weg zum Städtischen

Krankenhaus in der Gartenstraße kamen ihr nur noch wenige Autos entgegen. Vor dem Gebäude stand der Streifenwagen. Mona eilte hinein und erblickte ihre Kollegen, die am Eingang zur Notaufnahme standen und Kaffee aus Plastikbechern tranken.

Die Kommissarin nickte Grietje Smit und Hinderk Ekhoff zu.

„Was ist denn nun genau passiert?"

Die junge Polizeimeisterin schaute in ihren Notizblock.

„Um 22:19 Uhr rief ein Zeuge in der Polizeistation an und meldete einen Verletzten beim Alten Leuchtturm. Wir fuhren sofort hin und fanden dort den Melder sowie das Opfer. Ich erkannte sofort diesen Schaller wieder. Er blutete am Hinterkopf und gab an, dass ihn zwei Männer attackiert hätten."

„Konnte das von dem Zeugen bestätigt werden?"

Grietje Smit schüttelte den Kopf.

„Als der Zeuge auftauchte, waren die Täter bereits geflohen. Wir haben sofort eine Nahbereichsfahndung durchgeführt, konnten aber niemanden mehr antreffen. Es muss ungefähr eine Viertelstunde zwischen dem Angriff und unserem Erscheinen vergangen sein. Das behauptet zumindest Schaller."

„Er ist also vernehmungsfähig, machte keinen verwirrten Eindruck auf euch?"

„Nein, er scheint klar im Kopf zu sein. Momentan versorgen die Ärzte seine Wunde. Ich weiß nicht, ob er unter Schock steht. Jedenfalls redete er nicht unzusammenhängend, sondern schien sich einiges gemerkt zu haben. Ich dachte mir, dass du lieber gleich selbst mit ihm sprechen willst."

„Habt ihr den Namen des Zeugen notiert?"

„Klar. Er heißt Albrecht Krüger und ist ein ortsansässiger Pensionär, der seinen Hund ausgeführt hat. Uns kam er glaubhaft vor. Nicht wahr, Hinderk?"

Der junge Streifenbeamte, der nicht so redselig war wie seine Dienstpartnerin, nickte.

Ein junger kahlköpfiger Arzt kam aus der Notaufnahme. Mona trat auf ihn zu und hielt ihm ihren Dienstausweis unter die Nase.

„Moin. Ich muss den Mann sprechen, der vorhin von meinen Kollegen hierhergebracht wurde. Seine Zeugenaussage ist sehr wichtig."

Der Mediziner zögerte.

„Der Patient ist zwar bei Bewusstsein, benötigt aber unbedingte Ruhe. Wir haben seine Platzwunde genäht, können aber eine Gehirnerschütterung noch nicht ausschließen. Die Untersuchung dauert noch an."

„Ich werde nur einige Minuten benötigen."

Mona konnte sehr resolut sein, wenn sie wollte. Der Arzt blinzelte ihr zu.

„Vielleicht treffen wir uns ja einmal unter erfreulicheren Umständen wieder, Frau Kommissarin? – Also gut, weil Sie es sind. Aber nur fünf Minuten, versprechen Sie mir das?"

Will der jetzt mit mir flirten?, fragte sich Mona. Oder hatte der Wodka ihr Urteilsvermögen so sehr eingetrübt? Jedenfalls führte der Mediziner sie höchstpersönlich zu dem Krankenzimmer, in dem Schaller lag.

Der attraktive Hacker wirkte bleich, aber gefasst. Er verzog den Mund, als er Mona erblickte.

„Frau Kommissarin! Ich hätte nicht geglaubt, dass ich einmal froh sein würde, Sie zu sehen."

„Das höre ich öfter", gab Mona trocken zurück und ließ sich auf einen Besucherstuhl fallen. „Ich will es kurz machen, Herr Schaller. Können Sie mir erzählen, was genau heute Abend vorgefallen ist?"

Schaller trug einen dicken Kopfverband. Er kratzte sich am Kinn, wirkte nachdenklich.

„Ich hatte Annette Heuer besucht. Wie Sie schon treffend festgestellt haben, kennen wir einander aus Hamburg."

Dann hast du also die Hackerin gevögelt, dachte Mona und forderte Schaller mit einer Handbewegung zum Weiterreden auf.

„Ich verließ das Ferienhaus gegen 22 Uhr und wollte zu meinem Hotel zurückkehren."

„Da sind Sie aber in die völlig falsche Richtung gelaufen, oder? Ich hörte, dass man Sie am Alten Leuchtturm angegriffen hat."

„Das ist korrekt, aber ich kenne mich auf Borkum nicht besonders gut aus. Vielleicht war ich auch einfach in Gedanken, ich weiß es nicht. Plötzlich hörte ich Schritte hinter mir. Ich schaute mich unauffällig um und bemerkte zwei Männer."

„Wie sahen sie aus?"

„Besonders gut erkennen konnte ich sie nicht, dafür war es einfach zu dunkel. Aber dann ging alles ganz schnell. Plötzlich kamen die Kerle auf mich losgestürmt, ohne Vorwarnung. Ich wollte weglaufen – keine Chance. Der Ältere von ihnen rief: ‚Mach ihn fertig!' Daraufhin sagte der Jüngere: ‚Der lebt nicht mehr lange, Turgew.' Dann bekam ich einen fürchterlichen Schlag auf den Hinterkopf. Ich dachte schon, ich wäre erledigt. Aber dann ließen die Dreckskerle plötzlich von mir ab. Sie liefen davon. Vielleicht dachten sie ja, ich wäre tot. Ich weiß nicht, wie viel Zeit vergangen ist. Vielleicht war ich auch kurz weggetreten. Als Nächstes erinnere ich mich an den älteren Herrn mit Hund, der neben mir kniete und die Polizei rief."

Mona hatte genau zugehört.

„Und Sie sind sicher, dass der jüngere Mann den älteren mit Turgew anredete?"

„Ja, das war der Name. Wird gegen diese Person schon ermittelt, Frau Kommissarin?“

„Darüber darf ich Ihnen keine Auskunft geben“, murmelte Mona gedankenverloren. Sie versuchte, von Schaller eine genauere Beschreibung der Angreifer zu bekommen. Aber er wollte nur gesehen haben, dass sie dunkle Jacken und Jeans trugen.

„Es ging alles so schnell.“ Schaller verzog das Gesicht. „Ich bin kein Feigling, aber gegen diese zwei Schlägertypen hatte ich keine Chance. Ich würde sie als typisches St.-Pauli-Gesindel beschreiben. Solche Zeitgenossen sieht man auf einer friedlichen Urlauberinsel wie Borkum wahrscheinlich eher selten. Ich hoffe, dass ich Ihnen behilflich sein konnte. Ich würde mich jetzt gern ausruhen, meine Kopfschmerzen werden stärker.“

Mona erhob sich.

„Einstweilen besten Dank, Herr Schaller. Die Fahndung läuft bereits. Ich komme wieder auf Sie zu, wenn Sie fitter sind.“

„Wann erhalte ich eigentlich mein Smartphone und mein Notebook zurück, Frau Kommissarin? Ohne diese Dinge fühle ich mich richtig nackt.“

„Wie gesagt, Sie hören von uns.“

Mona verließ das Zimmer und wenig später das Krankenhaus. Irgendetwas an der Geschichte mit dem Überfall ging ihr gewaltig gegen den Strich. Sie wusste nur noch nicht genau, was es war. Nun verfluchte sie sich selbst dafür, dass sie zuvor Wodka getrunken hatte. Aber wie hätte sie ahnen können, dass sie in dieser Nacht noch dienstlich tätig werden musste?

Endlich kam Mona daheim an, wo sie sich auszog und in einen unruhigen Schlaf fiel, der mit Alpträumen angereichert war. Am nächsten Morgen fühlte sie sich wie gerädert. Nach einer Dusche und einem kräftigen Frühstück ging es ihr etwas besser.

Der Himmel war grau und der Wind blies mindestens mit Stärke fünf. Da er aus Richtung Norden kam, war die Fahrradfahrt zur Polizeistation anstrengender als sonst. Mona war außer Atem, als sie dort ankam. Dabei hatte sie eigentlich geglaubt, über eine gute Kondition zu verfügen.

Enno saß bereits auf seinem Bürostuhl, eine Tasse Tee mit Kluntjes und Sahne vor sich. Er schien beste Laune zu haben.

„Moin, Mona! Ich denke, wir können den Mordfall Dr. Konradi heute abschließen. Obwohl wir auf ein Geständnis des Täters nicht hoffen können."

Die Kommissarin holte sich ebenfalls eine Tasse mit dem friesischen Nationalgetränk, bevor sie gegenüber von ihrem Partner Platz nahm. Sie hatte eigentlich selbst über die Ereignisse der vergangenen Nacht berichten wollen. Aber jetzt wollte sie zunächst hören, was Enno zu sagen hatte.

„Und warum kriegen wir kein Geständnis? Weil Lohmann der Mörder war? Das hatten wir ja schon vermutet."

Der Oberkommissar nickte.

„Richtig, aber nun haben wir einen sehr guten Indizienbeweis. Die Pathologen konnten unter Dr. Konradis Fingernägeln DNA-Spuren von Lohmann nachweisen. Außerdem gab es an den Unterarmen des Abmahnanwalts Hämatome, die typisch für Abwehrverletzungen sind."

„Wir können also von einer Rangelei zwischen den beiden Männern ausgehen?"

„Ja, und dann muss Lohmann die Oberhand erhalten haben. Er würgte seinen Gegner, bis dieser verstarb. Dann warf er ihn vermutlich in die Senke und verschwand, ohne sich um eine weitere Beseitigung der Leiche zu kümmern."

Mona zuckte mit den Schultern.

„Dafür kann es mehrere Erklärungen geben. Entweder wollte Lohmann die Leiche nicht beiseiteschaffen, weil er befürchtete, dabei von Zeugen gesehen zu werden. Selbst in das menschenleere Ostland verirrt sich ja gelegentlich mal jemand, wie wir gesehen haben. Oder er hoffte darauf, dass der Sand den Toten innerhalb weniger Tage bedecken würde. Was so nicht funktionieren kann, jedenfalls nicht dort im Inneren der Insel. Außerdem hat Lohmann vielleicht angenommen, dass er schon wieder fort ist, wenn das Mordopfer gefunden wird."

„Du stimmst also zu, dass Lohmann der Mörder von Dr. Konradi sein muss?"

„Es ist die einzig plausible Erklärung, Enno. Die Gelegenheit war vorhanden, das Motiv auch. Sandra Lohmann hat ihren Mann mit Dr. Konradi betrogen. Falls der gehörnte Ehemann sich dieser Tatsache bewusst war, ist das ein sehr überzeugender Grund für eine Tat im Affekt."

„Das sehe ich auch so, Mona. Hinzu kommt, dass Lohmann in seinem Ferienhaus 100.000 Euro versteckt hat. Die Hamburger Kollegen haben bereits gegen ihn ermittelt. Wenn er dieses Geld aus seiner Firma herausgezogen hat, wird sein Kompagnon Dr. Konradi das nicht so amüsant gefunden haben. Also reist der Anwalt Lohmann nach und stellt ihn zur Rede. Es kommt zum Streit – und *voilà*!"

„Es ist so süß, wenn ein Ostfriese Französisch spricht", erwiderte Mona lächelnd. „Passen denn die Würgemale am Hals des Opfers zu Lohmanns Händen? Ansonsten hätte ich nämlich auch noch Turgew als Verdächtigen zu bieten. Er hat angeblich vorige Nacht gemeinsam mit einem Komplizen Schaller niedergeschlagen."

Sie erzählte im Telegrammstil, was sich ereignet hatte. Enno hob seine buschigen Augenbrauen.

„Also, die Spannweite der Finger passt zu den Abdrücken auf Dr. Konradis Kehle. Im Übrigen würde ich Turgew als Täter ausschließen."

Und der Oberkommissar informierte Mona darüber, was er bei den Hamburger Kollegen über den gebürtigen Weißrussen in Erfahrung gebracht hatte. Seine Dienstpartnerin nickte grimmig.

„So ist das also. Diese Tatsachen werfen ein völlig neues Licht auf den Fall. Was hältst du davon, wenn wir Annette Heuer und Sven Schaller verhaften?"

„Das klingt für mich nach einer sehr guten Idee. Und wir sollten es tun, bevor sie sich aus dem Staub machen können. Allerdings wäre es gut, wenn wir den Chef über die aktuellen Entwicklungen informieren würden. Er ist doch so gern auf dem Laufenden."

„Ja, das macht ihn wirklich happy", stimmte Mona zu. Sie gingen zu Oltbeck, der zum Glück sofort Zeit hatte. Der glatzköpfige Hauptkommissar legte seine Stirn in Sorgenfalten, nachdem er den Ermittlungsstand gehört hatte.

„Wenn diese Dinge der Wahrheit entsprechen, Frau Sander – wer hat denn diesen Schaller niedergeschlagen?"

Mona zuckte mit den Schultern.

„Ich weiß es nicht, Herr Hauptkommissar. Im Zweifelsfall hat er es selbst getan, um unsere Ermittlungen in eine falsche Richtung zu lenken."

Der Leiter der Inselwache blätterte in seinen Papieren.

„Moment mal, das könnte zu einer Meldung passen, die wir vorhin hereinbekommen haben. Ein Zeuge rief wegen eines blutigen Ziegelsteins an, den er am Schulgang gefunden hat. Die Kollegen sind noch nicht dazu gekommen, dorthin zu fahren. Da wir bisher keinen Hinweis auf ein weiteres Verbrechen haben, schien mir die Sache nicht so wichtig zu sein."

Mona schnippte mit den Fingern.
„Wie gesagt, ich halte den Überfall für vorgetäuscht. Schaller zieht sich selbst den Stein über den Schädel und wirft ihn weg. Das würde auch passen, weil er auf dem Weg von der Grönlandstrate zum Alten Leuchtturm am Schulgang vorbeikommt. Dann spielt er dort das Verbrechensopfer und wartet, bis er von einem Zeugen gefunden wird."
„Ich hoffe, dass Sie sich nicht täuschen, Frau Sander. Und Sie glauben, dass dieses Duo Hardy Lohmann auf dem Gewissen hat?"
Mona war nicht sicher, was den Giftmord anging. Also erwiderte sie: „Dieser Fall ist noch nicht ausermittelt, Herr Hauptkommissar."
Es waren noch zu viele Fragen offen, aber Oltbeck gab sich mit der Antwort zufrieden. Der Dienststellenleiter erklärte die Besprechung für beendet.
„Wir sollten die beiden Früchtchen gleichzeitig pflücken", schlug Enno vor. „Je eher wir sie auf der Wache haben, desto besser."
Mona war einverstanden. Sie wandte sich an Grietje Smit.
„Ich schätze, Schaller wird noch heute Vormittag aus dem Krankenhaus entlassen. Verhaftet ihn, bevor er sich absetzen kann."
„Kein Problem. Wie lautet die Anklage?"
„Mordverdacht."
Während die uniformierten Kollegen sich um den Hacker kümmerten, fuhren Mona und Enno zum Ferienhaus. Dort mussten sie lange klopfen, bevor ihnen geöffnet wurde. Annette Heuer war nur mit einem dünnen Nighty und einem Slip bekleidet. Sie kriegte kaum die Augen auf. Es war offensichtlich, dass die Kriminalisten sie gerade erst aus dem Bett geholt hatten.

„Wilde Partynacht gehabt, Frau Heuer?“, stichelte Mona. „Wie auch immer, wir verhaften Sie wegen des Verdachts auf Beihilfe zum Mord an Hardy Lohmann.“

Die Verdächtige lächelte, als ob sie in eine saure Zitrone gebissen hätte.

„Sie geben wohl nie auf, Frau Kommissarin? Muss ich Sie daran erinnern, dass ich wegen mangelnder Haftgründe auf freien Fuß gesetzt wurde?“

„Nein, das ist mir bewusst. Aber es sind neue Aspekte aufgetaucht, die ein anderes Licht auf den Fall werfen.“

Annette Heuer zuckte mit den Schultern.

„Wenn Sie meinen ... Aber ich werde mich über Sie beschweren.“

„Tun Sie das. Aber nun ziehen Sie sich bitte an. Wir haben nicht den ganzen Tag Zeit.“

Mona begleitete die Verhaftete ins Schlafzimmer und behielt sie im Auge, während Enno Annettes neues Handy in eine Tüte für Beweismittel steckte. Mona war sicher, dass sich jede Menge Telefonate zwischen der Hackerin und Schaller würden nachweisen lassen. Die Kommissarin warf einen Blick auf das völlig zerwühlte Bett.

„Hatten Sie Herrenbesuch?“

„Sven Schaller war bei mir, wenn Sie es unbedingt wissen müssen!“

„Wann ist er gegangen?“

„Keine Ahnung, es muss so gegen 22 Uhr gewesen sein.“

Mona hob die Augenbrauen.

„Eine ungewöhnliche Zeit, um eine Liebesnacht zu beenden. Haben Sie sich gestritten?“

Es dauerte verdächtig lange, bis Annette Heuer eine Antwort gab. Vermutlich fiel ihr keine unverfängliche Ausrede ein.

„Nein, wir haben uns nicht gestritten. Und es muss Sie nicht kümmern, wann mein Lover die Biege macht. Schaffen Sie sich lieber selbst einen an!“

Mona lächelte kalt.

„Ein gutes Stichwort, Frau Heuer. Ihre Absicht, durch Keno unseren Ermittlungsstand herauszufinden, ist ja gründlich danebengegangen, nicht wahr? Und zu Ihrer Information: Die 100.000 Euro sind sicher im Polizeigewahrsam.“

Annette Heuer zuckte zusammen, als ob sie mit Eiswasser übergossen worden wäre und wurde schlagartig totenbleich. Da wusste Mona, dass es dieser Frau wirklich auf das Geld angekommen war.

Annette Heuer trug nun Jeans, Turnschuhe und ein lila Sweatshirt. Ungeschminkt sah sie nicht besonders attraktiv aus, jedenfalls nach Monas Meinung. Aber die Kommissarin war sich darüber im Klaren, voreingenommen zu sein.

Kapitel 13

Die Verhaftete machte keine Schwierigkeiten, also konnte auf Handschellen verzichtet werden. In der Polizeistation wurde Mona unruhig, als sie Polizeimeisterin Grietje Smit erblickte.

„Habt ihr Schaller nicht angetroffen?“, raunte sie ihr zu.

„Doch, und er durfte aus der ärztlichen Obhut entlassen werden. Der Verdacht auf Gehirnerschütterung hat sich nicht bestätigt. Wir haben ihn einstweilen in die Ausnüchterungszelle gesperrt, weil wir nicht wussten, wie es weitergehen soll mit ihm.“

„Das war völlig in Ordnung, Grietje. Wir werden zunächst Annette Heuer vernehmen.“

Es gab nämlich nur einen Vernehmungsraum, und Mona hielt den weiblichen Teil des Duos für weniger hartgesotten. Während Grietje die Hackerin schon dorthin brachte, beriet sich Mona noch kurz mit Enno.

„Wir müssen versuchen, Annette ein Geständnis zu entlocken. Am besten wäre es, wenn sie Schaller auch noch belasten würde.“

„Glaubst du denn, dass die beiden Lohmann auf dem Gewissen haben?“

„Ganz ehrlich? Eher nicht. Ich halte sie für Gauner, aber nicht für Mörder. Ich schätze, dass es ihnen eher um das Geld ging. Trotzdem, sie verschweigen uns Dinge, die zur Aufklärung des Mordes beitragen können. Und deshalb wird es Zeit für sie, die Karten auf den Tisch zu legen.“

„Gut, dann bin ich gespannt, was die Heuer uns zu sagen hat.“

Als Mona und Enno den Verhörraum betraten, hatte die Verdächtige trotzig die Arme vor der Brust verschränkt. Ihre ganze Körpersprache drückte Ablehnung aus. Aber davon ließen sich die Kriminalisten nicht beeindrucken. Mona belehrte Annette Heuer noch einmal über ihre Rechte. Aber die Frau wollte nach wie vor keinen Anwalt hinzuziehen.

„Sie sind doch nur sauer, weil Ihr Ex sich für mich interessiert, Frau Kommissarin! Das ist der einzige Grund dafür, dass ich überhaupt hier bin."

Mona ging nicht auf die Bemerkung ein. Stattdessen sagte sie: „Ich glaube, ich weiß, weshalb Schaller die Liebesnacht mit Ihnen abgebrochen hat."

„Ach, ist das so?", höhnte die Beschuldigte.

„Schaller wusste seit unserer Durchsuchung seines Hotelzimmers, dass wir ihn auf dem Radar haben", fuhr Mona unbeeindruckt fort. „Also hatte er die geniale Idee, von sich selbst abzulenken. Und wie konnte ihm das gelingen? Indem er einen Sündenbock schuf, nämlich Turgew."

Annette Heuer zuckte zusammen, als sie den Namen hörte.

„Ich weiß nicht, wer das sein soll", behauptete sie.

„Turgew ist ein weißrussischer Krimineller, der gern als Schuldeintreiber für Kredithaie arbeitet. Oder gearbeitet hat, besser gesagt. Er ist nämlich tot, und das schon seit einem halben Jahr. Als ihm der Boden in Deutschland zu heiß unter den Füßen wurde, kehrte er in seine weißrussische Heimat zurück. Das ist ihm aber nicht gut bekommen. Er wurde dort verhaftet. Doch noch bevor Anklage erhoben werden konnte, wurde er in der Untersuchungshaft von einem Mitgefangenen ermordet. Da ist eine alte Rechnung beglichen worden, jedenfalls nach Meinung der weißrussischen Polizei."

„Diese Tatsachen haben wir von unseren Hamburger Kollegen erfahren", ergänzte Enno. „Sie werden also begreifen, dass Turgew Ihren Liebhaber Schaller gar nicht angegriffen haben kann."

„Wieso erzählen Sie mir das?“, keifte Annette Heuer. Ihre selbstsichere Fassade bröckelte bereits. „Und von was für einem Angriff reden Sie?“

„Von der Attacke, die Schaller vorige Nacht inszeniert hat. Er schlug sich vermutlich selbst einen Stein auf den Hinterkopf, damit eine schöne Platzwunde entstand. Dann behauptete er, von Turgew und einem Komplizen geschlagen worden zu sein. Besonders amüsant ist, dass ich selbst ihm diesen Floh ins Ohr gesetzt habe. Schaller musste nämlich meinen Worten entnommen haben, dass die Polizei auch gegen einen gewissen Turgew ermittelt. Ist das nicht komisch?“

„Ja, ich falle gleich vom Stuhl vor Lachen!“

Mona lehnte sich zurück.

„Ernsthaft, Sie sitzen tief in der Tinte, Frau Heuer. Es ist nur eine Frage der Zeit, bis wir Ihnen nachweisen können, dass Sie in Lohmanns Machenschaften verstrickt waren. Selbst wenn wir Ihnen nur Mitwisserschaft nachweisen können, ist das schon schlimm genug. Es wäre besser für Sie, wenn Sie uns sagen, was Sie und Schaller mit Lohmann vorhatten.“

Plötzlich brach es aus der Hackerin heraus.

„Wir wollten ihm die verdammten 100.000 Euro abnehmen, was denn sonst? Aber weder Sven noch ich haben ihn umgebracht, das müssen Sie mir glauben!“

Mona versuchte, sich ihren Triumph nicht anmerken zu lassen. Enno und sie waren jetzt ein großes Stück weitergekommen. Die Kommissarin fasste nach: „Wenn Sie den Mord nicht begangen haben, wird man Sie dafür auch nicht zur Verantwortung ziehen. Aber Sie müssen uns alles sagen, was Sie wissen, Frau Heuer. Oder soll ich Sie lieber *Turbo Cat* nennen?“

Die Beschuldigte warf Mona einen irritiert wirkenden Blick zu. Sie schien verblüfft.

„Haben Sie nicht damit gerechnet, dass solche Dorfpolizisten wie wir Ihre Tarnidentität herausfinden? Man kann sich auch von Borkum aus ins *Dark Net* einloggen, stellen Sie sich vor. Hat die *Digital Fog Gang* Sie auf Lohmann angesetzt?"

„Ja, natürlich. Zunächst wollten wir den Mistkerl online beklauen, wie wir es schon öfter gemacht haben. Aber unsere Trojaner konnten bei ihm nicht andocken. Immerhin gelang es uns, einige seiner Schweizer Nummernkonten auszuspionieren."

„Das waren die Ziffernfolgen, die wir in ihrem Smartphone gefunden haben, nicht wahr?"

Annette Heuer nickte.

„Ja, genau. Aber wir kamen da nicht weiter. Ich habe alles versucht, um dem alten Knaben mehr Informationen zu entlocken. Das war gar nicht so einfach. Lohmann gegenüber habe ich ja die taube Nuss gespielt. Er durfte nicht ahnen, dass ich in Wirklichkeit eine Hackerin bin. Ich weiß zum Beispiel, dass er größere Summen aus seiner Firma herausgezogen und seine Kompagnons übers Ohr gehauen hat. Aber ich konnte ihn in dem Glauben lassen, ein erfolgloses Model vor sich zu haben. Na ja, Männer eben."

„Das will ich überhört haben", warf Enno ein. Mona lächelte säuerlich. Sie musste selbstkritisch einräumen, dass sie Annette anfangs ebenfalls für geistig simpel gestrickt gehalten hatte.

„Sie kamen also an das Geld auf seinen Konten nicht ran", stellte Mona fest. „Aber wieso haben Sie es nicht geschafft, Lohmann die 100.000 Euro in bar zu entwenden. Sie wussten doch, dass er das Geld bei sich hatte, oder?"

„Sagen wir: Ich ahnte es. Der Lustgreis war verflixt clever. Er muss das Geld irgendwo im Ferienhaus versteckt haben, das nahm ich jedenfalls an. Sobald er zu einem seiner blöden Trainingsläufe aufbrach, kehrte ich das Unterste zuoberst.

Dabei durfte ich natürlich keine Spuren hinterlassen, denn er sollte ja nicht mitbekommen, dass ich nach etwas suchte. Es war wie verhext."

Mona nickte. Sie hatte von den Kriminaltechnikern erfahren, dass auf dem in Plastik verpackten Geldpaket wirklich nur die Fingerabdrücke von Lohmann gewesen waren. Seine Geliebte konnte die Summe nie in ihre Hände bekommen haben.

„Und wer kam auf die Idee mit der Mikro-Kamera?"

„Ich brachte sie an und Sven übernahm die Observierung. Irgendwann musste ich ja auch mal schlafen."

„Wenn Sie Drogen eingeworfen hatten, werden Sie auch nicht allzu viel mitgekriegt haben", stellte Mona trocken fest. „Lohmann hatte also mehr als genug Möglichkeiten, um ein idiotensicheres Versteck für das Geld zu finden. Weshalb nahm Ihr Geliebter denn Ihrer Meinung nach überhaupt 100.000 Euro mit nach Borkum?"

„Wenn ich das wüsste", seufzte die Hackerin. „Vielleicht wollte er sich ja ins Ausland absetzen, dann aber ohne mich. Falls das alte Schlitzohr entsprechende Pläne hatte, teilte er sie nicht mit mir. Er redete immer nur davon, dass er auch in seinem Alter noch Herausforderungen sucht und deshalb unbedingt bei dem Halbmarathon mitlaufen wollte."

„Wer wusste denn überhaupt von diesem Vorhaben?", bohrte Enno nach.

„Schwer zu sagen, Herr Oberkommissar. Seiner Alten wird es bekannt gewesen sein, außerdem sicher einigen Leuten in seiner Firma und bei seinen Geschäftspartnern. Dass Lohmann Freunde hatte, wüsste ich nicht. Es würde mich wundern."

„Sie mochten Ihren Geliebten nicht besonders, oder? Wie haben Sie es denn trotzdem geschafft, Lohmann Gefühle vorzuspielen?"

Mona fand ihre Frage berechtigt. Aber Annette Heuer schaute sie an, als ob sie etwas unglaublich Dummes gesagt hätte.
„Glauben Sie etwa an die große Liebe, Frau Sander? Ich nicht. Lohmann wollte sich mit einer attraktiven Blondine schmücken, das hat er geschafft. Und ich? Mir hat es nicht allzu viel ausgemacht, mit ihm zusammen zu sein. So richtig auf Touren bringen konnte er mich allerdings nicht. Aber dafür hatte ich ja Sven."
Mona wollte nicht wirklich viel über das Sexleben der Verdächtigen wissen. Trotzdem war sie erleichtert darüber, dass zwischen Annette und Keno offenbar nichts gewesen war. Aber wieso hätte es sie gestört, wo sie und Keno doch schon lange kein Paar mehr waren? Darüber wollte Mona jetzt nicht nachdenken.
„Sven Schaller war also Ihr Komplize", vergewisserte sich die Kommissarin. „Er stand sozusagen bereit, um mit Ihnen und dem Geld zu türmen."
„Ja, aber dazu kam es nicht. Diese dämliche Kamera deckte nicht das ganze Ferienhaus ab, das hatten wir uns nicht richtig überlegt. Und bevor wir noch intensiver nach dem Geld suchen konnten, wurde Lohmann ermordet. – Wir hatten überhaupt kein Motiv, ihn umzubringen. Aber der wahre Killer konnte mir die Tat natürlich super in die Schuhe schieben."
„Immerhin hat er Ihnen nicht das Gift untergejubelt, sonst hätten Sie ein echtes Glaubwürdigkeitsproblem", meinte Mona. „Allerdings dürfte der Mörder darauf gebaut haben, dass man den Tod des Opfers als Unfall einstufen würde."
„Wer hat denn nun Lohmann umgebracht?", wollte Annette Heuer wissen. „Sven und ich waren es jedenfalls nicht."
Das war eine gute Frage, wie Mona fand.

Kapitel 14

Nach dem Verhör von Annette Heuer gönnten sich Mona und Enno eine kurze Pause. Der Oberkommissar musste sich erst einmal mit einem Käsebrot stärken.

„Wir können die Heuer höchstens wegen versuchten Diebstahls anklagen“, meinte er kauend. „Aber immerhin lässt sich das Hackerduo als Mordverdächtige ausschließen.“

Mona nickte.

„*Turbo Cat* hat einen wichtigen Aspekt angesprochen. Was, wenn Lohmann sich wirklich nach dem Meilenlauf heimlich aus dem Staub machen wollte und dabei sogar seine Geliebte zurückgelassen hätte? Mit 100.000 Euro im Gepäck kann man in ziemlich vielen Staaten ein neues Leben anfangen. Und es gibt mehr als genug Länder, die in Wirtschaftsstrafsachen nicht an Deutschland ausliefern.“

„Ja, und wer so eine Flucht plant, tut das von Borkum aus gewiss nicht an Bord der Fähre, des Katamarans oder eines Flugzeugs. Es könnte sich lohnen, die Yachten im Hafen genauer unter die Lupe zu nehmen. Wir sollten die Kollegen von der Küstenwache informieren, vielleicht haben sie ja etwas Verdächtiges bemerkt.“

Mit diesen Worten griff der Oberkommissar zum Telefonhörer.

„Gute Idee, ich werde schon mal einen fliegenden Wechsel vornehmen. Die Heuer kommt in die Zelle und Schaller wird zur Befragung gebracht.“

Wenig später nahm der Sven Schaller auf dem Stuhl Platz, auf dem zuvor noch seine Freundin gesessen hatte. Annette Heuer war Schallers Blick ausgewichen, als sie ihm auf dem Flur begegnet war. Ihre ganze Körpersprache drückte Schuldbewusstsein aus. Und Mona gab sich alle Mühe, in diese Kerbe zu schlagen.

„Ihre Freundin war sehr auskunftsfreudig, Herr Schaller. Sie selbst können durch ein umfassendes Geständnis Ihre Lage ebenfalls nur verbessern. – Wie geht es übrigens Ihrem Kopf?“

„Ich bin hier das Opfer, falls Sie es noch nicht bemerkt haben!“, begehrte Schaller auf. „Sie sollten lieber Turgew und seinen Handlanger jagen, anstatt Unschuldige zu verdächtigen.“

„Die Schmierenkomödie können Sie sich sparen. Und ich glaube nicht an Verbrechen durch Untote.“

Sie erzählte von Turgews Schicksal hinter weißrussischen Gefängnismauern, worauf das Gesicht des Hackers immer länger wurde.

„Nun, es gibt doch gewiss noch mehr Gangster mit diesem Namen“, murmelte er. In diesem Moment kam Enno in den Verhörraum.

„Die Küstenwache kümmert sich um diese andere Sache“, sagte er mit einem verschwörerischen Unterton in der Stimme zu Mona. Dann wandte er sich an Schaller: „Ich habe gerade noch kurz mit dem Landeskriminalamt telefoniert. Die Kollegen haben die Dateien in Ihrem Smartphone entschlüsselt. Wir können Ihnen jetzt beweisen, dass Sie das Ferienhaus observiert haben.“

„Wie schön für Sie!“, höhnte Schaller. „Aber ich wollte einfach nur checken, was meine Freundin mit diesem alten Bock so treibt.“

Mona schüttelte den Kopf.

„Frau Heuer hat bereits gestanden, dass es Ihnen auf Lohmanns Geld ankam. Es wäre klüger, wenn Sie ebenfalls die Diebstahlabsicht zugeben würden.“

Darauf entstand eine kurze Pause. Schaller zog nachdenklich die Augenbrauen zusammen. Er musste offenbar erst verdauen, was er soeben gehört hatte. Als

Mona schon ungeduldig zu werden begann, öffnete er erneut den Mund.

„Ich verstehe wirklich nicht, dass Annette das Geld nicht finden konnte. Der Alte muss verflucht clever gewesen sein. Wir vermuteten ja auch nur, dass er die 100.000 Euro bei sich hatte. Es wäre mir lieber gewesen, wenn wir seine Bankkonten hätten anzapfen können."

„Haben Sie einen Verdacht, wer Lohmann vergiftet haben könnte?"

„Darüber zerbreche ich mir seit Tagen den Kopf, Frau Kommissarin. Sicher ist, dass er von ziemlich vielen Leuten gehasst wurde. Aber das werden Sie auch schon herausgefunden haben."

Mona wollte noch auf einen anderen Punkt zu sprechen kommen.

„Wie kam es eigentlich dazu, dass sich Annette Heuer an meinen Ex-Freund herangemacht hat?"

Schaller grinste.

„Das war meine Idee, ehrlich gesagt. Nach diesem peinlichen Auftritt bei Ihrer missglückten Undercover-Aktion wollte ich Ihnen ein paar Knüppel zwischen die Beine werfen. Und dafür schien mir dieser Keno die passende Person zu sein. Für mich war es ein Kinderspiel, mich in die Datenbank der Kurverwaltung zu hacken. Im Handumdrehen bekam ich heraus, in welcher Pension Keno untergekommen war. Sie hatten Annette zwar ihr Smartphone abgenommen, sie besorgte sich aber schnell ein neues Telefon. Als sie mich anrief, gab ich ihr die Informationen durch und schlug ihr meinen Plan vor. Annette war nur allzu angetan davon, es Ihnen heimzuzahlen. Außerdem hatten wir die Hoffnung, Ihre Ermittlungen torpedieren zu können."

„Daraus ist ja nun nichts geworden", stellte Enno sachlich fest. Die Tür zum Verhörraum war nur angelehnt. Daher konnte Mona hören, dass ihr Festnetztelefon nebenan auf ihrem Schreibtisch klingelte. Zuerst ignorierte sie das Signal, dann wurde sie aber unruhig. Womöglich war es wichtig.

„Ich muss da kurz rangehen.“

Mit diesen Worten flitzte sie aus dem Verhörraum. Wenig später ertönte ein kaum unterdrückter Jubelschrei. Enno und Schaller blickten einander verständnislos an. Dann kehrte die Kommissarin zurück, mit einem breiten Grinsen auf dem Gesicht.

„Ich weiß jetzt, wer Hardy Lohmann getötet haben muss.“

Kapitel 15

Mona genoss einen Moment lang die Verwirrung auf den Gesichtern der Männer. Aber dann lächelte Enno wissend. Natürlich, er hatte sich die einzige Möglichkeit ebenfalls zusammengereimt. Nur Schaller sah immer noch verwirrt aus.

„Und – wer ist es gewesen?“

„Das muss Sie nicht interessieren, Herr Schaller. Freuen Sie sich einfach darüber, dass Sie nicht mehr unter Mordverdacht stehen. Wir werden veranlassen, dass Sie und Ihre Freundin aufs Festland überstellt werden. Dann wird ein Haftrichter entscheiden, wie es mit Ihnen weitergeht.“

Und natürlich werde ich alle Informationen über die Digital Fog Gang *an die Kollegen vom Dezernat Computerkriminalität weiterleiten,* fügte Mona in Gedanken hinzu. Grietje Smit und Hinderk Ekhoff übernahmen die beiden Verdächtigen, um sie mit der nächsten Fähre aufs Festland zu schaffen.

„Wahrscheinlich denken du und ich an dieselbe Person.“

Mit diesen Worten tastete sich Enno langsam vor, nachdem Annette Heuer und Sven Schaller die Polizeiwache verlassen hatten.

„Das ist sehr gut möglich, mein Lieber. Bist du denn gar nicht neugierig, wer gerade angerufen hat?“

„Doch. Aber ich weiß, dass du die Spannung gerne noch etwas ausdehnst.“

Mona stand auf und griff zum Autoschlüssel.

„Wir fahren ebenfalls zum Hafen runter. Allerdings warten wir nicht auf die Fähre, sondern auf das Patrouillenboot der Küstenwache. Der Anruf kam nämlich von der Bundespolizei in Emden. Sie stehen in Funkkontakt zu ihrem Wasserfahrzeug, das Kurs auf Borkum genommen hat. Die Besatzung konnte eine verdächtige Motoryacht aufbringen, die illegale Automatikwaffen an Bord hat."

„Das ist ja sehr schön, aber ich sehe den Zusammenhang mit unseren beiden Morden nicht."

„Der Kapitän dieser Yacht ist ein Holländer namens Jaap Dijkstra. Er kann sich auf einen Strafprozess wegen dieser Kriegswaffengeschichte einstellen. Also versucht er jetzt, möglichst mildernde Umstände zu bekommen. Und dafür will er auf Biegen und Brechen Pluspunkte sammeln."

„Lass mich raten: Dijkstra kennt Lohmanns Mörder und will ihn ans Messer liefern."

„Das wird sich zeigen. Auf jeden Fall hat sich der Holländer aus freien Stücken bereit erklärt, eine Aussage über Hardy Lohmann zu machen."

„Und die Küstenwache bringt ihn zur Vernehmung hierher?"

„Ja, sozusagen Frei-Haus-Service", scherzte Mona. „Das Boot soll innerhalb von einer Stunde die Insel erreichen."

Sie stiegen in den Opel Vectra und fuhren durch das flache Land auf der schnurgeraden Reedestraße hinunter zum Hafen. Der Wind hatte aufgefrischt und blies die hellgrauen Schleierwolken fort. Es versprach, ein schöner Frühherbsttag zu werden.

„Wie geht es jetzt eigentlich mit dir und Keno weiter?"

Mona zuckte zusammen, als Enno diese Frage stellte. Aber dann hatte sie sich gleich wieder in der Gewalt.

„Neugierig bist du wohl überhaupt nicht?"

„Doch, natürlich. Vor allem mache ich mir Sorgen um dein Wohlergehen. Du wirkst auf mich nämlich ziemlich durcheinander, seit dein Ex wieder aufgetaucht ist."

„Du schmeißt ja heute mit Komplimenten um dich!", giftete Mona. Aber dann fügte sie ruhiger hinzu: „Merkt man mir mein Gefühlschaos echt so stark an? Das ist mir ziemlich unangenehm, ehrlich gesagt. Ich weiß einfach nicht, wie ich mich entscheiden soll. Keno behauptet, dass er mich liebt. Aber er ist so ein *Dösbaddel*, der sein Leben nicht auf die Reihe kriegt. Ich weiß nicht, ob man sich so jemanden ans Bein binden muss."

„Das klingt wirklich nicht nach einer guten Idee."

„Ja, vom Kopf her sage ich mir das auch. Aber mein Herz spricht eine andere Sprache. Es war nicht alles nur ätzend mit ihm. Sonst würde mir die Entscheidung leichter fallen. Der Gedanke, dass Annette Heuer mit Keno ins Bett gehen könnte, hat mich fast wahnsinnig gemacht."

Eigentlich war es nicht Monas Art, anderen Menschen ihr Herz auszuschütten. Aber es tat gut, sich Enno anvertrauen zu können. Sie betrachtete den erfahrenen Beamten schon länger nicht nur als Kollegen, sondern auch als väterlichen Freund. Außerdem – mit wem sollte sie denn sonst reden? Ihre beste Freundin Kati würde auf unabsehbare Zeit in London bleiben, und ein Gedankenaustausch per Skype war einfach nicht dasselbe wie ein Gespräch mit einem direkten Gegenüber. Das war jedenfalls Monas Meinung.

„Ich bin sicher, dass du die richtige Entscheidung treffen wirst. Gebt euch doch einfach mehr Zeit."

„Ja, das ist wohl wirklich am besten."

Während des kurzen Wortwechsels hatten die Kriminalisten schon fast den Fähranleger erreicht. Mona bog nach rechts ab, denn das Patrouillenboot würde gegenüber vom Yachthafen anlegen. Enno ließ seinen Blick über den Horizont schweifen.

„Ich schätze, wir haben noch Zeit für einen Tee."

Sie setzten sich auf die Seeterrasse des Yachthafen-Restaurants und ließen sich das ostfriesische Nationalgetränk schmecken. Die Kanne war noch nicht ganz leer, als das blau gestrichene Küstenwachboot mit dem schwarz-rot-goldenen Emblem in Sicht kam. Mona und

Enno bezahlten und gingen zum Südpier, wo einige Minuten später das Wasserfahrzeug festmachte.

Kapitän Lorenzen begrüßte die beiden Ermittler persönlich. Sie hatten schon bei etlichen anderen Einsätzen zusammengearbeitet. Der Kommandant mit den hellblauen Augen und dem eisgrauen Haar nickte Mona und Enno freundlich zu.

„Moin. Es ist schön, dass Sie so schnell kommen konnten. Ich habe den geständigen Straftäter unter Deck. Ich glaube, er kann es kaum erwarten, auszupacken."

„Wo ist denn die Yacht, die Sie aufgebracht haben?", wollte Mona wissen.

„Die mussten wir auf offener See zurücklassen, weil sie einen Maschinenschaden hat. Es ist den Motoren nicht gut bekommen, dass Käpt'n Dijkstra uns zunächst entkommen wollte. Aber wir haben einen Treibanker geworfen. Einige meiner Beamten sind als Prisenkommando an Bord geblieben, um den Schaden zu reparieren. Dijkstra und seine beiden Handlanger haben wir auf unserem Schiff eingesperrt. Sie waren clever genug, bei der Verhaftung keinen Widerstand zu leisten."

Lorenzen führte Mona und Enno zu der Zelle, in der sich der Yachtbesitzer befand. Sie war so winzig, dass drei Personen darin kaum Platz fanden. Aber die Kriminalisten wollten sich ja auch nicht lange aufhalten.

Jaap Dijkstra war ein wettergegerbter breitschultriger Kahlkopf, der nach Monas Meinung auch als Türsteher eines St. Pauli-Nachtclubs hätte durchgehen können. Er hockte auf seiner Pritsche und schaute die Ermittler neugierig an. Nachdem Mona Enno und sich selbst vorgestellt hatte, kam sie sofort zur Sache.

„Wie ich höre, haben Sie uns etwas Wichtiges über Hardy Lohmann mitzuteilen, Dijkstra?"

Der Beschuldigte nickte eifrig. Er sprach mit holländischem Akzent, aber gut verständlich.

„Ja, Frau Kommissarin. Sie sollten sich diesen Kerl einmal genauer anschauen. Ich wette, dass er sehr viel zu verbergen hat."

Mona überlegte kurz. Dijkstra schien noch nicht zu wissen, dass Lohmann nicht mehr lebte. Aber wie hätte er auch davon erfahren sollen? Die Nachricht von einem „tragischen Todesfall" beim Meilenlauf war nur von deutschsprachigen Medien verbreitet worden, und dort hatte man kein Foto von Lohmann gezeigt. Die Kommissarin hatte jedenfalls zunächst nicht vor, Dijkstra über Lohmanns Ableben aufzuklären. Wenn sie das nämlich tat, würde der Holländer seine Informationen womöglich nicht mehr für wertvoll halten.

„Wie kommen Sie darauf? Und wie hat Lohmann Kontakt zu Ihnen aufgenommen?"

Dijkstra ließ ein verschlagenes Lächeln sehen.

„Oh, ich bin in gewissen Kreisen bekannt für meine diskreten Dienstleistungen. Lohmann nahm vor einigen Wochen Kontakt zu mir auf. Er wollte, dass ich ihn mit hinüber nach England nehme und dort an einer verschwiegenen Stelle an Land bringe."

Mona musste nicht fragen, weshalb Lohmann sich auf diese Weise hatte absetzen wollen. Bei einer offiziellen Ausreise hätte immer die Gefahr bestanden, dass bei einer Grenzkontrolle oder einer stichprobenartigen Überprüfung die 100.000 Euro gefunden worden wären. Und dann hätte der Unternehmer eine Menge zu erklären gehabt.

„Okay, und Sie sagten zu?"

„Ja, ich erklärte mich gegen Zahlung von 1.000 Euro dazu bereit. Ich bin sicher, dass die deutschen Behörden hinter Lohmann her sind. Sonst hätte er wohl nicht auf diese Art verschwinden wollen, oder?"

„Kein Kommentar“, gab Mona zurück. „Und wann wollten Sie Lohmann an Bord nehmen?“

„Am dritten September um Mitternacht. Wir warteten auslaufbereit im Hafen, aber Lohmann erschien nicht. Stattdessen kam eine Frau. Sie sagte, er hätte es sich anders überlegt. Ich wurde wütend, aber sie gab mir 1.000 Euro und wollte, dass ich die ganze Sache vergesse.“

„Also konnten Sie das Geld kassieren, ohne etwas dafür getan zu haben?“

„Ja, genau, Frau Kommissarin. Ein risikoloses Geschäft sozusagen.“

„Und jetzt verpfeifen Sie Lohmann, weil Sie sich dadurch ein milderes Gerichtsurteil erhoffen?“

Dijkstra zeigte herrlich weiße falsche Zähne.

„Es ist mir immer ein Vergnügen, die Strafverfolgungsbehörden zu unterstützen.“

Darauf erwiderte Mona nichts. Sie zeigte dem Holländer ein Foto von Annette Heuer.

„Ist das die Frau, von der Sie die 1.000 Euro bekommen haben?“

Dijkstra schüttelte den Kopf, aber damit hatte Mona schon gerechnet. Sie präsentierte ihm nun ein weiteres Bild.

„Und diese Person?“

Der Zeuge nickte eifrig.

„Ja, sie war es. Aus ihrer Hand habe ich das Geld entgegengenommen.“

Mona nickte. Sie hatte Dijkstra ein Foto von Sandra Lohmann gezeigt.

Kapitel 16

„Jetzt bleibt nur noch die Frage, woher Frau Lohmann Ort und Zeitpunkt der geplanten Flucht wusste. Ihr Gatte wird es ihr wohl kaum unter die Nase gerieben haben."

Diese Feststellung kam von Enno, nachdem er und Mona sich von Kapitän Lorenzen und dessen Besatzung verabschiedet hatten. Dijkstra sollte baldmöglichst dem Haftrichter vorgeführt werden. Seine Aussage war jedenfalls Gold wert.

„Sandra Lohmann hatte immerhin ein überzeugendes Motiv, ihren Ehemann aus dem Weg zu räumen. Und durch die Zahlung an den Holländer hat sich der Verdacht gegen sie noch erhärtet", sagte Mona. „Die Einzelheiten des Mordes können wir ihr aus der Nase ziehen, nachdem die Hamburger Kollegen sie verhaftet haben. Ich hoffe nur, dass sie nicht schon längst über alle Berge ist."

Doch diese Sorge erwies sich als unbegründet. Der aktuelle Ermittlungsstand rechtfertigte eine sofortige Festnahme. Sandra Lohmann wurde von Kriminalbeamten in ihrem Haus in Blankenese angetroffen. Sie leistete keinen Widerstand.

Und so kam es, dass noch am selben Nachmittag ein Verhör im Hamburger Polizeipräsidium angesetzt wurde. Mona und Enno durften per Videokonferenz teilnehmen, denn schließlich war die Aufklärung des Falls ihr Verdienst gewesen.

Es war ein seltsames Gefühl für Mona, vor dem Bildschirm zu sitzen und die Mörderin in dem Hightech-Raum in der fernen Hansestadt sitzen zu sehen. Dank Mikrofon und Kamera konnten die beiden ostfriesischen Ermittler so direkt an der Befragung teilnehmen, als wenn sie anwesend wären.

Nachdem der Hamburger Oberkommissar Schlüter Sandra Lohmann und ihren Rechtsanwalt Dr. Jacobsen über die Anklageerhebung belehrt hatte, erteilte er Mona das Wort. Sie stellte ihre wichtigste Frage gleich zuerst.

„Woher wussten Sie, dass Ihr Ehemann sich ins Ausland absetzen wollte?“

Das Gesicht der Hanseatin glich einem Pokerface, so wie bei ihrer ersten kurzen Begegnung. Und doch wusste Mona, dass diese Frau zu tiefen Gefühlen fähig war. Allerdings nicht mehr für Lohmann, sondern für Dr. Konradi.

Der Verteidiger übernahm es, für seine Mandantin zu sprechen.

„Das ist eine Unterstellung, für die es nicht den geringsten Beweis gibt.“

Mona ließ sich nicht beirren.

„Die Ermittlungen sind in vollem Gang. Dass die Firma des Ermordeten kurz vor dem Aus steht, ist eine unbestreitbare Tatsache.“

„Daraus können Sie aber noch kein Mordmotiv konstruieren, Frau Kommissarin. Und die Glaubwürdigkeit Ihres Belastungszeugen möchte ich ausdrücklich in Zweifel ziehen. Wir sprechen hier über einen Mann, der wegen Verstoßes gegen das Kriegswaffenkontrollgesetz angeklagt werden wird.“

„Warum sollte der Zeuge sich ausdenken, dass Ihre Mandantin ihm 1.000 Euro gegeben hat?“

„Vielleicht, weil die Polizei ihm diese Aussage in den Mund gelegt hatte?“

Mit Dr. Jacobsen war nicht gut Kirschen essen, das hatte Mona bereits erkannt. Und sie wusste genau, dass ohne ein Geständnis der mutmaßlichen Mörderin Lohmanns Tod für immer ungesühnt bleiben würde. Aber auch Sandra Lohmann hatte eine Achillesferse, wie Enno es genannt hätte. Nämlich Dr. Konradi.

Die Kommissarin ließ die letzte Bemerkung des Anwalts unbeantwortet und wandte sich nun an die Beschuldigte selbst.

„Ihr Ehemann hat Dr. Konradi ermordet, das lässt sich aufgrund von Indizien beweisen. Welchen Grund könnte er Ihrer Ansicht nach dafür gehabt haben?"

„Antworten Sie nicht darauf, Frau Lohmann", warnte der Jurist. Auch er schien zu wissen, dass Dr. Konradi eine entscheidende Rolle in Sandra Lohmanns Leben gespielt hatte. Sie schüttelte nur den Kopf, machte dann aber den Mund auf.

„Ich habe Dr. Konradi geliebt."

„Das Verhör sollte unterbrochen werden", forderte der Verteidiger. „Meine Mandantin ist offenbar emotional sehr mitgenommen."

„Ich will das jetzt durchstehen", widersprach Sandra Lohmann. „Ich will, dass es endlich vorbei ist."

„Kommen wir auf meine Eingangsfrage zurück", sagte Mona sanft. „Also war Ihnen klar, dass Ihr Mann ins Ausland fliehen wollte?"

„Ich wusste es nicht, aber ich ahnte es. Die Situation der Firma war ja verzweifelt."

„Aber nicht wegen irgendwelcher Kredithaie, nicht wahr?" Sandra Lohmann schnaubte ironisch.

„Nein, Frau Kommissarin. Ich hatte mal im Bekanntenkreis wilde Gerüchte über diesen Turgew gehört. Er muss ein übler Bursche sein. Also beschloss ich, den Verdacht auf ihn zu lenken."

„Wie erfuhren Sie nun von den Geheimplänen Ihres Mannes?"

„Ich ließ sein Büro durch einen diskreten Privatdetektiv verwanzen. Also hörte ich sein Telefonat mit diesem windigen Holländer mit. Ich wusste ja, wann Hardy nach Borkum wollte. Das hatte er ja sogar auf der Firmenhomepage verlauten lassen. Und es war kein Problem, seine genaue Ferienadresse herauszufinden."

„Dadurch wird überhaupt nichts bewiesen", ereiferte sich Dr. Jacobsen. „Das Telefonat hätte auch mit einem anderen niederländischen Staatsbürger stattfinden können. Meiner Mandantin kann keine Tötungsabsicht nachgewiesen werden."

Mona ging nicht darauf ein. Stattdessen sprach sie wieder Sandra Lohmann direkt an.

„Und was taten Sie daraufhin?"

„Ich fuhr selbst heimlich nach Borkum, aber nur als Tagestouristin. Ich wollte nicht auf der Insel übernachten, mich sollten so wenige Leute wie möglich sehen. Vor allem musste ich aufpassen, weder von Hardy noch von seiner kleinen Schlampe bemerkt zu werden."

„Ich beantrage eine Pause", rief Dr. Jacobsen. „Ich muss mich dringend mit meiner Mandantin beraten. Sie läuft Gefahr, sich unabsichtlich selbst zu belasten."

„Lassen Sie es gut sein", murmelte Sandra Lohmann mit matter Stimme. „Der einzige Mann, der mir etwas bedeutet hat, lebt nicht mehr. Mein Gatte hat ihn ermordet, können Sie sich einen größeren Hohn vorstellen? Ich will jetzt einfach nur noch reinen Tisch machen."

Einige Momente lang herrschte Schweigen, sowohl in Hamburg als auch auf Borkum. Schließlich öffnete Mona wieder den Mund.

„Reden Sie weiter, wenn Sie sich dazu in der Lage fühlen, Frau Lohmann."

„Es ging einfacher, als ich befürchtet hatte. Mir war bekannt, dass Hardy vor dem Lauf morgens einen Powershake zu sich nimmt. Die gefrorenen Beeren taut er schon am Vorabend auf, das macht er immer. Ich musste mich nur in das Haus schleichen, als er mal wieder einen Trainingslauf machte. Ich tat die Tabletten unter das gefrorene Obst. Wie gesagt, es ging ganz leicht. Ich verließ das Ferienhaus, ohne von jemandem bemerkt worden zu sein."

„Was haben Sie dann getan?"

„Es war wichtig, einen Tag auf der Insel herumzukriegen. Am Tag des Rennens wollte sich Hardy ja ursprünglich mit dieser Motoryacht absetzen. Tagsüber war wegen des Meilenlaufs alles auf den Beinen, ich hielt mich einfach von den Menschenmassen fern. Ich aß irgendwo unweit vom Bahnhof ein Stück Fisch, dann verbrachte ich die Nacht auf einer Parkbank in der Nähe vom Gezeitenland. Das war etwas unheimlich, weil dort nach Einbruch der Dunkelheit keine Menschenseele zu sehen war. Ich bekam jedenfalls kein Auge zu. Kurz vor Mitternacht begab ich mich zum Hafen und zahlte diesen Holländer aus, damit er nicht noch Schwierigkeiten machte. Morgens nahm ich dann die erste Fähre nach Emden und kehrte im Lauf des Tages nach Hamburg zurück."

„Wussten Sie, dass auch Dr. Konradi nach Borkum gereist war?"

Sandra Lohmann atmete tief durch, bevor sie Monas Frage beantwortete.

„Nein, das war mir nicht bekannt. Ich hätte Tobias davon abgehalten, sich mit Hardy anzulegen. Steht für die Polizei zweifelsfrei fest, dass Hardy Tobias ermordet hat?"

„Ein Geständnis haben wir natürlich nicht. Aber die Indizien lassen keine andere Schlussfolgerung zu", sagte Mona.

Die Augen der Mörderin schimmerten feucht.

„Ich hätte Hardy früher vergiften sollen, dann wäre Tobias jetzt noch am Leben. Aber ich wollte, dass es wie ein Unfall aussieht. Hardy hatte leichte Herzprobleme, sein Arzt hat ihm die Teilnahme am Halbmarathon aber trotzdem erlaubt."

„Und aus welchem Grund haben Sie Hardy Lohmann überhaupt getötet? Hätte es nicht gereicht, dass er auf Nimmerwiedersehen verschwand? Dann wären Sie ihn auch los gewesen, ohne sich strafbar zu machen."

„Darüber habe ich auch oft nachgedacht, Frau Kommissarin. Aber mein Hass war einfach zu groß. Verstehen Sie, er ließ einen riesigen Scherbenhaufen zurück. Und wer hätte das Chaos beseitigen müssen? Höchstwahrscheinlich ich. Ich wollte mich einfach für seine jahrelangen Demütigungen rächen."

„Ihr Ehemann hatte 100.000 Euro in bar in seinem Ferienhaus versteckt, Frau Lohmann. Woher stammte das Geld?"

„Ich weiß es nicht, vermutlich hat er es anderen Leuten gestohlen. Das war ja seine Spezialität."

Sandra Lohmann begann zu weinen, und die Hamburger Kriminalisten unterbrachen das Verhör. Für den Moment hatten sie genug erfahren. Einzelheiten mussten noch geklärt werden, beispielsweise der Name des Detektivs, der Lohmann abgehört hatte.

Mona und Enno bedankten sich bei den Kollegen und beendeten den Videokontakt. Der Oberkommissar blinzelte seiner Kollegin freundlich zu.

„Jetzt haben wir Feierabend, würde ich sagen. Hast du noch etwas vor?"

„Das musst du gar nicht wissen, Enno. Frag lieber deine Frau, wie weit sie mit ihrem Ostfriesenkrimi ist."

Enno lachte.

„Bis morgen, Mona."

Sie winkte ihm zu und verließ die Polizeistation. Mona ging Richtung Alte Schulstraße. Sie wollte Keno in seiner Pension besuchen. Aber daraus wurde nichts.

„Der junge Mann ist heute Morgen unerwartet abgereist." Die Stimme der Wirtin hörte sich gereizt an. „Dabei hatte er großspurig angekündigt, auf unbestimmte Zeit hierbleiben zu wollen. Na ja, auf manche Leute ist eben kein Verlass."

„Wem sagen Sie das", murmelte die Kommissarin. „Vielen Dank für die Auskunft."

Mona horchte in sich hinein und fragte sich, ob sie enttäuscht war. Kenos Verschwinden hatte sie immerhin einer Entscheidung enthoben. Sie musste sich nicht länger über ihn den Kopf zerbrechen.

Sie beschloss, nach Hause zu fahren und sich in ihre Trainingsklamotten zu werfen. Ein Jahr ging schnell ins Land, und der nächste Meilenlauf kam eher, als man dachte.

Und dann wollte Mona gewinnen.

Ostfrieslandkrimi Empfehlungen des Klarant Verlages

„Friesenflirt“ von Sina Jorritsma
Taschenbuch ISBN: 978-3-95573-542-5
eBook ISBN: 978-3-95573-541-8

Ein rätselhafter Todesfall erschüttert die ostfriesische Insel Borkum. Im Hotel Teutonia wird eine junge Frau erhängt aufgefunden. Zunächst spricht einiges für einen Selbstmord, doch bei der Obduktion werden Spermaspuren von zwei Männern an der Toten entdeckt. Ist ihr ein scheinbar harmloser Flirt zum Verhängnis geworden?
Die Inselkommissare Mona Sander und Enno Moll ermitteln und finden heraus, dass die attraktive Blondine als Treutesterin gearbeitet hat. In Verdacht: Markus Winter, der dubiose Chef der Treuetest-Agentur. Er war zur Tatzeit auch auf Borkum und verstrickt sich immer mehr in Widersprüche... Andere Hinweise deuten auf ein mysteriöses Doppelleben der Toten. Kommissarin Mona Sander lässt nicht locker und kommt dem Täter dabei gefährlich nah ...

Leserstimmen zu „Friesenflirt“
„Das tolle an diesem Krimi ist... Das selbst ich nicht wusste, wie es endet. Oft genug dachte ich "Okay, jetzt weiß ich es" und dann wusste ich doch wieder nichts. Es herrscht eine tolle Spannung und die Autorin hat ein paar tolle Wendungen eingebaut. So macht lesen Spaß, vor allem wenn es ein Krimi ist.“

„Ein rundum gelungener Ostfrieslandkrimi. Absolute Leseempfehlung!“

„Friesenbraut" von Sina Jorritsma
Taschenbuch ISBN: 978-3-95573-557-9
eBook ISBN: 978-3-95573-556-2

Auf der ostfriesischen Insel Borkum verschwindet eine Braut kurz vor der Eheschließung. Zunächst glauben die Kommissare Mona Sander und Enno Moll noch an einen dummen Streich. Aber wenig später wird das blutverschmierte Brautkleid gefunden. Ist die dunkelhaarige Schönheit einem Gewaltverbrechen zum Opfer gefallen? Die Inselkommissare finden Indizien, die aber nicht zusammenpassen. Hat der undurchsichtige Exfreund der Braut seine Hände im Spiel? Wer war an den geheimen Sex-Spielen im Ferienhaus beteiligt? Und welches Interesse verfolgt der machtbesessene zukünftige Schwiegervater? Dann findet die Polizei eine Leiche – und muss feststellen, dass die Dinge ganz anders sind, als sie auf den ersten Blick scheinen. Die Mörderjagd versetzt nicht nur die friedliche Nordseeinsel in Aufruhr, sondern wird auch zur persönlichen Herausforderung für Mona Sander. Sie wird selbst zur Zielscheibe des Mörders...

Leserstimmen zu „Friesenbraut"

„Kommissarin Mona Sander ist manchmal widerspenstig und frech, entspricht keinem Klischee, und ich mag sie einfach!"

„Sina Jorritsma schafft es mit viel Charme, Witz und einer großen Portion Spannung einen großen Spannungsbogen aufzubauen. Die Kommissarin ist auch mal frech, das macht total viel Spaß zu lesen und die Unterhaltung ist garantiert."

Klarant Verlag

Lernen Sie die Ostfrieslandkrimi-Titel des Klarant Verlages kennen und besuchen Sie uns im Internet unter:

www.ostfrieslandkrimi.de

und

www.klarant.de

Sie können dort Näheres über unsere Autoren erfahren, viele weitere interessante Bücher und eBooks finden und Leseproben herunterladen. Mit dem kostenlosen Newsletter auf

www.ostfrieslandkrimi-lesen.de

erhalten Sie aktuelle Informationen rund um das Verlagsprogramm, wie beispielsweise spannende Neuerscheinungen und Gewinnspiele.